Die Jagd nach dem Marconiphon

für Brigitte

Christian Eckhard

Die Jagd nach dem Marconiphon

Roman

*© 2018 **Christian Eckhard***

*Lektorat: **Susanne Czuchaja***

Herstellung und Verlag: BoD – Books on Demand, Norderstedt

ISBN: 978-3-7528-3046-0

2. Auflage

1. Konzert

Sir Finley Torrington faltete die Schutzbrille zusammen und verstaute sie in seiner Manteltasche, während er die Treppe emporstieg, die ihn von der Underground wieder ans Tageslicht brachte. Der vor einiger Zeit verliehene Adelstitel - eine Anerkennung seiner bahnbrechenden Erfindungen im Bereich der Maschinentechnik, die er selbstlos der Allgemeinheit zu überlassen pflegte ohne je ein Patent darauf genommen zu haben - hatte seine finanziellen Verhältnisse nicht nachhaltig verbessert. Er lebte nach wie vor davon, in Fabriken die mechanischen Einrichtungen zu reparieren oder doch zumindest deren Reparatur anzuleiten. So war seine hochgewachsene, schlanke Gestalt mit dem asketischen Gesicht und den dunkelblonden, gewellten und nach hinten gekämmten Haaren in Werkstätten und Maschinenhallen weitaus bekannter und häufiger zu sehen als in Salons oder Konzertsälen.

Dennoch hatte er gerade heute eine Einladung angenommen, die ihn fern von Getrieben und Fliehkraftreglern in die Welt der Musik zu entführen versprach.

Eine eigene Kutsche konnte er sich auch weiterhin nicht leisten, und selbst eine Mietdroschke würde er nur benutzen, wenn er es wirklich eilig hatte. Er hatte erwogen, die Strecke zu Fuß zurückzulegen, aber das naßkalte Wetter war für eine längere Wanderung wirklich ungeeignet.

Folglich hatte er sich wieder einmal der Untergrundbahn anvertrauen müssen. In den Vororten war die Underground wirklich eine feine Sache, wenn man das Warten auf den nächsten Zug an der Station in Kauf zu nehmen bereit war. Hier, innerhalb der Metropole, erforderte die Benutzung einen gewissen Hang zum Masochismus und gesunde Atemwege. Der Qualm der Lokomotive konnte nur durch einzelne Luftschächte abziehen und quälte ansonsten die Augen und Lungen der Reisenden.

In der Werkstatt Torringtons lagen einige halbherzige und halb fertige Entwicklungen verbesserter Augen- und Atemschutzgeräte, aber ihm war klar, daß nur ein grundsätzliches Umdenken im Hinblick auf die

Antriebstechnik einen entscheidenden Fortschritt bringen würde. Ihm schwebte so etwas wie die Anwendung von Preßluft vor, allerdings benutzte er die Underground zu selten, als daß sich bislang ein wirklich motivierender Leidensdruck in ihm aufgebaut hatte. Eine andere Erfindung nahm momentan sein Denken viel mehr in Anspruch.

Das Stadthaus der Lansdons, ein dreistöckiger viktorianischer Prachtbau, der sein Ziel war, lag ziemlich zentral.

Die Lansdons besaßen auch - mindestens - einen Landsitz, aber Lady Lansdon pflegte zu betonen, daß sie die naßkalte Jahreszeit, also eigentlich die Hälfte des Jahres, lieber in der Stadt verbrachte; auf dem Land, so behauptete sie, bekomme sie Depressionen.

Mit Lady Lansdon verband ihn eine - nun ja - distanzierte Freundschaft, noch aus der gemeinsamen Zeit auf dem College, auf dem sie sich im Philosophieseminar kennen und zugegebenermaßen auch lieben gelernt hatten.

Damals war sie ein junges Ding gewesen, das wenig auf Standesdünkel gab, später hatte sich das zumindest insofern geändert, als eine Heirat mit dem Bauerntölpel (wie ihre Freunde ihn zu nennen pflegten) nicht in Frage gekommen war. Sie hatten sich den Gegebenheiten gefügt, vielleicht mit etwas Wehmut, dann hatte Torrington sich mit Bethany getröstet, einer Dorfschönheit, deren Liebe zu ihm auf einer naiven Bewunderung seiner Genialität begründet war, die ihm eine Tochter - Amber - geboren hatte, und die dann leider am Kindbettfieber gestorben war.

Der Kontakt zu Isobel Lansdon war nie ganz abgerissen, seine heimliche Liebe war nie ganz gestorben. Seit er mit Amber in einem bescheidenen Haus am Stadtrand untergekommen war - und seit die Königin ihm einen Adelstitel verliehen hatte und man sich seiner Anwesenheit auch öffentlich nicht mehr zu schämen brauchte - bekam er in unregelmäßigen Abständen Einladungen zu gesellschaftlichen Veranstaltungen im Hause der Lansdons. Präziser: Im Hause Lady Lansdons, denn Lord Lansdon war in einem der zahlreichen Kolonialkriege gefallen, die das Imperium zur Wahrung seiner Handelswege und wirtschaftlichen Interessen immer noch führen zu müssen glaubte. Die Lady war also wieder frei, aber Torrington wußte um seinen Status als Emporkömmling und wahrte die gebotene Distanz.

*

Er schritt die Auffahrt hoch, überlegte kurz, daß man ihn wegen des Ausbleibens von Hufschlag möglicherweise für einen Bettler oder Hausierer halten könnte, und zog schließlich den Glockenstrang an der Tür. Es dauerte eine Weile, ehe ein kleines Fenster geöffnet wurde, hinter dem er im Licht einer im Windzug flackernden Laterne das Gesicht des Butlers Stanley erkannte. Leider war das Erkennen nicht wechselseitig.

„Sie wünschen ... *Sir?*" näselte Stanley, wobei er das ,Sir' offenkundig nicht der korrekten Anrede halber, sondern eher aus einem Vorwurf heraus, der Störung wegen, anhängte.

„Guten Abend, Stanley. Melden Sie bitte Lady Lansdon, Finley Torrington begehre Einlaß. Falls Sie eine Legitimation wünschen, ich habe hier eine schriftliche Einladung zum heutigen Klavierabend mit..."

„Sir Finley", unterbrach ihn Stanley und beeilte sich, die Tür zu öffnen. „Sie müssen entschuldigen, Sir, aber ich habe Sie wirklich nicht erkannt. Gestatten Sie mir, ehe Sie der Lady gegenübertreten, den Hinweis, daß in Ihrem Gesicht, nun, wie soll ich sagen, etwas Ruß ... wenn Sie erlauben, würde ich vorschlagen, daß ich Sie zunächst zum Waschraum geleite?"

„Sie sind zu gütig Stanley. Das ist wohl wirklich nötig. Sie wissen ja, wenn man mit der Underground fährt..."

„Darf ich Ihnen den Mantel und die Mütze abnehmen, Sir? Die Underground, wenn Sie mir die Bemerkung gestatten, ist für einen Mann von Stand nicht das angemessene Fortbewegungsmittel."

Finley Torrington öffnete die Schließe seines Umhangs und streifte ihn ab. „Vielleicht nicht für einen Mann von Stand, Stanley. Aber für einen Bauerntölpel wie mich..."

„Ich würde mir niemals herausnehmen, Sir, Sie als einen..."

„Lassen Sie's gut sein. Ihnen würde ich das auch nicht unterstellen."

Stanley verstaute Mantel und Reisemütze des Gastes in einem Nebengelaß und geleitete Sir Finley dann zur Waschgelegenheit. Der Kristallspiegel enthüllte, daß sein Gesicht momentan wie das eines Kaminkehrers aussah, abgesehen von den Augen, die dank der Schutzbrille verschont geblieben waren. So hätte er der Lady fürwahr nicht entgegentreten können. Selbst Amber hätte für ihren Vater zweifellos tadelnde Worte gefunden. Er reinigte sich und trat wieder hinaus in die Halle.

Mit einer knappen Verbeugung und einladenden Handbewegung wies Stanley ihn zum Salon. Er öffnete die Tür. „Sir Finley ist eingetroffen, Mylady.“

„Danke, Stanley.“

Obwohl die Zeit seiner glühenden Verehrung dieser Frau knappe zwanzig Jahre zurücklag, stellte Torrington fest, daß sie immer noch von faszinierender Schönheit war. Als Kleid hatte sie für diesen zwanglosen Abend vermutlich eines ihrer schlichteren gewählt, der Mode entsprechend mit geschnürtem Mieder und weitem Rock, die Farbe dezent auf ihre roten Haare abgestimmt, sandfarben, nicht zu blaß und nicht zu kräftig. Sie hatte ihre Sommersprossen übergepudert, aber er wußte natürlich, daß sie da waren und das Kleid hätte auch dazu perfekt gepaßt. Merkwürdig, daß es ihm gerade jetzt auffiel.

Amber hatte auch Sommersprossen. Ihre Mutter hatte ebenfalls welche gehabt. Möglicherweise waren es nur Bethanys Sommersprossen gewesen, die ihn damals darüber hinweggetröstet hatten, daß Isobel für ihn unerreichbar bleiben würde.

„Willkommen, Sir Finley. Hat es Ihnen die Sprache verschlagen?“

Isobel tat einen kleinen Schritt auf ihn zu und lächelte spöttisch.

Torrington fühlte sich ertappt und war sicher, daß sie seine Gedanken zumindest teilweise erraten hatte. So gesehen war die Flucht nach vorn vermutlich die sinnvollste Wahl. „Ich bitte um Vergebung, Lady Isobel. Ich muß von Ihrer Erscheinung geblendet gewesen sein.“

„Sind Sie aus dem Alter zum Süßholzraspeln nicht allmählich raus, Torrington?“ schnarrte eine Stimme, die er nur zu gut kannte, deren

Eigentümer oder Urheber er aber beim Eintreten offenbar nicht bemerkt hatte. Wie auch? Geblendet, fürwahr!

Aus dem Halbdunkel trat mit federndem Schritt eine Gestalt ins Licht des Kristallüsters, die hier anzutreffen er sich nicht gewünscht hatte. Eher befürchtet. Earl Steward of Craven, Marquess of Queensbury, graumeliert an Leib und Seele, einschließlich der streng nach hinten frisierten Haarpracht, im Gegensatz zu Sir Finley altes imperiales Adelsgeschlecht. Und dank seines Adelstitels, seiner Actienmehrheit und seines Vorstandsvorsitzes bei der ‚Imperial Steam Propulsion Company' mit jenem Dünkel gesegnet, der Lady Lansdon in so erfreulicher Weise abging.

Was den Lord nicht davon abhielt, Lady Lansdon seit ihrem bedauerlichen Eintritt in den Witwenstand permanent den Hof zu machen, womit er indessen bisher keinen nennenswerten Erfolg erzielt hatte.

Lord Craven trug wie stets ein Monokel im linken Auge. Weniger, um den eigenen Blick zu schärfen, als um die Blicke anderer zu trüben. Wenn er es einmal herausnehmen mußte, konnte man sehen, daß sein linkes Augenlid hing, angeblich Folge eines Jagdunfalls, aber nicht nur Torrington unterstellte ihm, daß es auch gut eine Degenerationserscheinung seiner - zu alten - Familie sein konnte. Eine Hypothese, die sich weder verifizieren noch falsifizieren ließ, da es keine objektiven Bilder Lord Cravens aus der Zeit vor jenem mysteriösen Jagdunfall gab. Für einen Portraitmaler war es kein Problem, ein Gesicht beliebig zu schönen, und die Daguerrotypie hatte damals noch in den Kinderschuhen gesteckt und war nur zur Ablichtung von Dingen geeignet gewesen, die lange genug stillhielten, also vorzugsweise Gebäude oder Landschaften. Jedenfalls keinen jugendlichen Lord Craven.

Craven und Torrington mochten sich nicht. Einerseits betrachteten sie sich als natürliche Rivalen, die Aufmerksamkeit Lady Lansdons betreffend. Andererseits hatte der Lord einige Male außerordentliches Interesse an Sir Finleys Erfindungen gehegt, aber ehe er einige der hervorragenden Ideen Torringtons für die Imperial Steam Propulsion Company hätte acquirieren können, war schon die Konkurrenz in Kenntnis gewesen; und da Torrington keinen Wert darauf legte, Patente zu verkaufen, konnte die ISPC es auch nicht verhindern, daß automatische Drehzahlregulatoren, Niederdruckkondensatoren oder differenzielle Planetengetriebe in Maschinen der Royal Aether Engine Manufacture oder The Welles And Wollaston Vessel Association ihre Dienste taten.

Torrington wiederum konnte sich mit Cravens profitorientiertem Denken nicht anfreunden und erachtete zum Beispiel Actiengesellschaften für unmoralisch, da sie, im Gegensatz zu einem bodenständigen Handwerksbetrieb, ihren Erfolg auf geborgtem Geld gründeten und dann darauf angewiesen waren, von Jahr zu Jahr immer mehr Gewinn einzufahren, um die Ansprüche ihrer Actionäre zu befriedigen. Da die Expansion aber wiederum Geld kostete, waren sie auf weiteres Borgen angewiesen und so weiter ad infinitum. Da aber nichts in der Welt unendlich war, konnte es eigentlich langfristig nur in eine Katastrophe münden, bei der die Anteilseigner schließlich alles verloren.

Ehe seine erneute Schweigsamkeit Argwohn erregte, entschloß Torrington sich, Seine Lordschaft angemessen zu begrüßen. „Ich bin entzückt, Mylord, zu entdecken, daß wir immer noch gemeinsame Interessen hegen."

Er verneigte sich leicht in Richtung des Grauen und kostete den Zwiespalt aus, in den er sein Gegenüber jetzt gestürzt hatte. Craven würde weder zugeben noch bestreiten können, daß sein Interesse womöglich Lady Lansdon gelte. Das erstere wäre an dieser Stelle peinlich gewesen, das letztere hätte jene beleidigt. Erst nach längerer Pause fügte er hinzu: „Ich meine unser Interesse für die Musik."

Lord Craven schenkte Torrington einen eisigen Blick aus eisgrauen Augen und musterte dessen Tweedjacke. „Ich hatte in der Tat eher angenommen, Sie kämen gerade vom Angeln. Aber in Ihren Kreisen..."

„Meine Herren..." mahnte die Gastgeberin.

„Übrigens scheint unsere Künstlerin sich zu verspäten", wechselte Craven das Thema.

Isobel lächelte verbindlich. „Es sind ja auch noch nicht alle Gäste eingetroffen. Und was Miss Aylesford betrifft, so habe ich Anweisung gegeben, sie mit einer Droschke abzuholen. Wenn der Kutscher sich verspätet, so ist das nicht ihr anzulasten.“

„Sie müssen die Dame nicht in Schutz nehmen“, meinte Lord Craven.

„Manchmal denke ich, vor *Ihnen* muß man *alles* in Schutz nehmen.“

Eine erneute Entgegnung blieb Lord Craven erspart. Stanley trat ein und kündigte die Künstlerin an. „Miss Amelia Aylesford, meine Herrschaften.“

Amelia Aylesford ging zweifellos der Ruf von einem außergewöhnlichen musikalischen Talent voraus, aber was ihren Sinn für Farben betraf, so schien sie das ganze Gegenteil von Lady Lansdon darzustellen, sonst hätte sie nicht zu ihrem bleichen Teint ausgerechnet ein schwarzes Kleid gewählt, vor allem, da die Natur sie bereits mit langen, pechschwarzen Haaren bedacht hatte. Zusammen mit ihrer sehr schlanken, geradezu schwindsüchtig wirkenden Gestalt konnte sie so auf ein zart besaitetes Gemüt den erschreckenden Eindruck einer wandelnden Toten machen.

Torrington jedenfalls zuckte bei ihrem Anblick leicht zusammen und gewann auch nicht den Eindruck, daß die Künstlerin den Salon *betrat*, eher war es, als ob sie sich herein *stahl*. Aber mit diesem Eindruck war er wohl allein. Lady Lansdon jedenfalls begrüßte sie herzlich mit einem angedeuteten Wangenkuß und machte sie mit den übrigen Anwesenden bekannt.

Als Lord Craven sich in steifer Haltung zu einem Handkuß hinreißen ließ, kämpfte Torrington sein Schaudern nieder und schloß sich ihm an, wobei ihm jäh aufging, daß er ausgerechnet der verehrten Lady diesen Ausdruck der Wertschätzung vorenthalten hatte. Sie würde ihm nicht zürnen, aber vermutlich würde sie sich innerlich amüsieren, ihn so verwirrt gesehen zu haben. Gut möglich, daß es nicht einmal die Schönheit Isobels, sondern Lord Cravens unerwarteter Auftritt gewesen war, der ihn aus dem Konzept gebracht hatte.

„Ich danke Ihnen für Ihre Einladung, Lady Lansdon“, hauchte Aylesford unterdessen artig und warf dem Klavier einen fragenden Blick zu.

„Legen Sie getrost Ihre Notenblätter auf das Klavier und nehmen Sie einstweilen Platz, Miss Aylesford.“ Isobel Lansdon wies mit einer einladenden Geste auf die bislang verwaiste Sitzgruppe aus schweren Ledersesseln. „Es sind noch nicht alle Gäste anwesend, und ich habe zudem einen kleinen Imbiß vorbereiten lassen, ehe wir uns dem künstlerischen Teil des Abends zuwenden.“ Mit einem Lächeln fügte sie hinzu: „Was nicht heißen soll, daß nicht auch meine Köchin in ihrer Art eine Künstlerin ist. Sie erweisen uns doch die Ehre, mit uns zu speisen?“

So wie sie aussah, dachte Torrington unvermittelt, ernährte sie sich womöglich ausschließlich von ihrer Musik. In seine Überlegung hinein hörte man einen Wagen vorfahren. Lord Craven korrigierte den Sitz seines Monokels und stellte fest: „Ich denke, gleich werden wir vollständig sein.“

Stanley eilte bereits in die Halle, um die letzten Gäste in Empfang zu nehmen. Kurz darauf meldete er Sir Willoughby Affingham mit Gattin.

Verglichen mit der Künstlerin stellte Sir Willoughby gewissermaßen das Kontrastprogramm dar. Seine Wohlbeleibtheit ließ vermuten, daß er die kurz zuvor erwähnte Kunst der Köchin mindestens ebenso zu würdigen wußte wie den geistigen Genuß. Seine Ehefrau, obgleich ebenfalls eine stattliche Erscheinung, mit dunkelrotem Kleid und reichlich Rouge auf den Wangen, das übrigens der Pianistin gut zu Gesicht gestanden hätte, wirkte neben ihm eher künstlich und angemalt wie ihr eigenes Portrait in Öl. Er begrüßte Lady Lansdon mit einer umständlichen Verbeugung.

„Stanley, ist alles angerichtet?“

„Sehr wohl, Mylady.“

Die Gastgeberin wandte sich an ihre Gesellschaft: „Ich darf die Herrschaften dann in den Speisesaal bitten.“

Während sie den Raum wechselten, fiel Torrington endlich ein, woran die Art der Pianistin, sich zu bewegen als sei sie gar nicht da, ihn erinnerte. Wenn man eine Lösung von Kupfervitriol mit klarem Wasser überschichtete, wie er es bei seinen Versuchen mit galvanischen Zellen bisweilen vorgenommen hatte, dann drang das Vitriol im Laufe von Stunden und Tagen allmählich in das Wasser vor, so daß sich die blaue

Färbung unmerklich aber unaufhaltsam nach oben ausbreitete, oder mit dem Fachbegriff beschrieben: Diffusion. Das war es: Amelia Aylesford betrat ein Zimmer nicht, sie diffundierte hinein.

Stanley dirigierte die Gäste unauffällig an die Plätze am Eßtisch, die Lady Lansdon ihnen zugedacht hatte, wobei sich Torrington am unteren Ende, neben der diffundierenden Künstlerin, wiederfand. Das überraschte oder enttäuschte ihn nicht; in dieser Gesellschaft stand ihm nicht der Platz zur Rechten der Göttlichen zu. Dort allerdings wiederum Lord Craven zu bemerken, kam ihn dennoch ein wenig hart an.

Es wurde eine kalte Platte zusammen mit einem lauwarmen Rotwein gereicht. In dieser Hinsicht, wußte Torrington, war er ein elender Banause, eben der Bauerntölpel, als den man ihn in gehobenen Kreisen ohnehin sah. Natürlich war der Wein nicht lauwarm. Er war temperiert. Ebenso wie das Bier übrigens, das man im Pub serviert bekam. Hätte er allerdings die Wahl gehabt, so hätte er das eine wie das andere frisch aus dem Keller bevorzugt. Wohlweislich verzichtete er auf eine entsprechende Bemerkung und lächelte höflich, als Stanley ihm einschenkte. Ihm war allerdings, als ob auch Stanley hinter seiner unbewegten Miene ein Grinsen versteckte - weil nämlich Stanley seinen Geschmack kannte und teilte.

Wenn jetzt allerdings das Mädchen ihm ein Stück kalten Braten vorlegen würde, dann würde er - Höflichkeit hin oder her ... Es blieb ihm erspart.

„Florence!" Isobel, obwohl gerade mit Seiner neben ihr sitzenden Lordschaft Höflichkeiten austauschend, nagelte mit ihrem Blick die Serviererin fest und hob unmerklich den linken Zeigefinger in deren Richtung.

Florence wechselte daraufhin eiligst die Zielrichtung ihres Vorlegebestecks und tat ihm lediglich etwas von den Beilagen auf. Der Bauerntölpel hatte in seiner frühesten Jugend nicht nur einmal mit ansehen - und anhören - müssen, wie geschlachtet wurde, und das hatte seine empfindsame Seele geprägt und ihn für alle Zeiten dem Fleischgenuß abschwören lassen. Isobel war ihm damals nahe genug gekommen um es zu wissen: Torrington war Vegetarier.

Die neben ihm sitzende aetherische Künstlerin schien übrigens ein ähnliches Problem zu haben. Befangen in ihrer Schüchternheit lehnte sie das Fleisch zwar nicht ab, ließ es dann aber unberührt liegen. Was Torrington widersinnig erschien, denn in der Küche würde man es nachher schlimmstenfalls wegwerfen oder bestenfalls als Viehfutter verwenden, was bedeutete, daß das Tier entweder nutzlos gestorben war oder aber als Nahrung für seinesgleichen diente. Obwohl zumindest letzteres von der Natur millionenfach praktiziert wurde, erschien der Gedanke ihm irgendwie grausig.

Craven ließ es sich nicht nehmen, sein Glas zu heben und einen Toast auf die Gastgeberin auszubringen, und Torrington empfand es als ein wenig schmerzlich, daß er die Künstlerin, die heute abend wenigstens in ästhetischer Hinsicht ebenfalls eine Art Gastgeberin sein würde, dabei mit keinem Wort erwähnte. Fast sah er sich genötigt, das Versäumte seinerseits nachzuholen, aber er verpaßte die Gelegenheit; die Lady eröffnete die Tafel und die Gesellschaft begann zu speisen.

In das allgemeine Klappern von Besteck hinein entwickelte sich allmählich ein Tischgespräch. Da Lord Craven und Sir Willoughby in eine hitzige Diskussion über den Vorzug von Actiengesellschaften eingetreten waren und Lady Lansdon sich, hiervon sichtlich gelangweilt, Mrs. Affingham zugewandt hatte, blieb für Torrington als Gesprächspartnerin nur Miss Aylesford übrig, es sei denn, er hätte zu schweigen vorgezogen, was aber zweifellos unhöflich gewirkt hätte. Glücklicherweise war es ihm vorhin im Salon gelungen, die verschlungenen Lettern auf dem Einband der Noten zu entziffern, die jene dort auf dem Klavier abgelegt hatte, und so konnte er mit ihr ein seichtes Gespräch über polnische Komponisten im allgemeinen und Frédéric Chopin im besonderen beginnen, bei dem er selbst nicht viel reden mußte. Die sonst so Schüchterne wurde auf ihrem ureigensten Fachgebiet plötzlich sehr mitteilsam und schien sogar etwas Farbe im Gesicht zu gewinnen, was freilich auch dem Wein geschuldet sein mochte, wenngleich sie von diesem nur genippt hatte.

Mitten in ihren Ausführungen über den Geist der Nocturnes hielt Miss Aylesford plötzlich inne. Ihren - und Torringtons - Ohren war ein Geräusch nicht entgangen, das wie das leise Schlagen einer Tischuhr klang, die auf einer Vitrine in einem Nebenraum stehen mochte und dort die aktuelle Stunde vorzählte. Torrington erstarrte, erbleichte, griff sich an die Brust - in dieser Reihenfolge. Jetzt hätte er sich die Fähigkeit der Pianistin gewünscht, weitgehend unbemerkt aus dem Zimmer zu diffundieren, aber sie war ihm nicht gegeben.

Mit einer hastigen Bewegung erhob er sich, murmelte eine Entschuldigung und eilte hinaus. Und aller Blicke folgten ihm.

Lady Lansdon hatte eine gewisse Perfektion darin entwickelt, ihr Personal mit Blicken und knappen Gesten zu beherrschen. So wie ihr Personal übrigens eine ebensolche Meisterschaft darin ausgebildet hatte, die Blicke und Gesten der Hausherrin richtig zu deuten. Jedenfalls reichte eine Kopfbewegung, um das Mädchen an ihre Seite zu befehlen. „Florence", raunte sie ihr zu, „haben Sie Sir Finley womöglich etwas von dem Braten auf den Teller gegeben?"

„Auf keinen Fall, Mylady, auf keinen Fall", versicherte die Verdächtigte flüsternd, woraufhin sie wieder gehen durfte.

„Stanley", wandte sich die Lady sodann an den in Habachtstellung an der Tür verharrenden Butler. „Sehen Sie bitte nach Sir Finley, ob er etwas benötigt."

Eine angedeutete Verbeugung. „Sehr wohl, Mylady." Damit folgte er Torrington nach draußen.

*

In der Halle bot sich dem guten Stanley eine etwas irritierende Szene. Sir Finley hatte nicht etwa das Haus verlassen, um an der frischen Luft ein plötzliches Unwohlsein zu bekämpfen. Er stand in einem Winkel nahe dem Ausgang, wandte dem Butler den Rücken zu und - unterhielt sich entweder mit einem Unsichtbaren oder mit sich selbst.

„Ich wollte den Probelauf nicht unterbrechen." - „Gut, dann mußt du es abstellen." - „Das rechte Ventil ganz zudrehen." - „Ja, genau." - „Nein, laß es einfach abkühlen, es passiert nichts." - „Tut mir sehr leid, Liebes."

In einer Mischung aus Neugier, Furcht und Verwunderung, mit unbestreitbarem Schwergewicht auf Seiten der Neugier, trat Stanley auf Zehenspitzen näher heran. Jetzt bemerkte er, daß Torrington ein handliches, messingbeschlagenes Kästchen ans Ohr hielt, aus dem ein

Geräusch drang, das einerseits an das Schaben einer Feder auf Papier, andererseits an das Ablaufen eines Uhrwerks erinnerte, und dem sich ganz schwach so etwas wie eine menschliche Stimme überlagerte. Ein Dschinn? Ein Geist in der Flasche? Aber das war keine Flasche! Außerdem gab es Dschinnen nur in den Märchen aus Tausendundeiner Nacht, und ein ordentlicher schottischer Geist spukte in alten Schlössern herum und ließ sich schon gar nicht in ein Kästchen sperren.

„Nein. Du hast mich nicht beim Konzert gestört. Nur beim Essen." - „Na was? Kadaver natürlich. Aber Lady Isobel war so rücksichtsvoll, mir nur Gemüse reichen zu lassen." - „Auf wieviel steht das Thermometer denn jetzt?" - „Sehr gut. Dann kann nichts mehr passieren." - „Sie heißt Amelia Aylesford. Wie es scheint, wird sie Chopin spielen." - „Ja, auf eine gewisse, spezielle Weise ist sie hübsch." - „Gut, dann laß uns Schluß machen, Liebes."

Die letzten Worte des Gastes machten Stanley klar, daß das Gespräch, mit wem auch immer, jetzt beendet war, und es gelang ihm, sich geräuschlos einige Schritte weit zurückzuziehen, ehe Torrington sich umwandte. Als jener ihn erblickte, zuckte er leicht zusammen und ließ das geheimnisvolle Kästchen hinter dem Rücken verschwinden.

Stanley räusperte sich dezent. „Lady Lansdon machte sich Sorgen um Sie und schickte mich eben, nach Ihnen zu sehen, Sir." Das ‚eben' flocht er ein, um den Eindruck zu zerstreuen, er stehe etwa schon länger hier.

„Es ist alles in Ordnung, Stanley. Es tut mir leid, wenn ich Lady Isobel beunruhigt habe. Ich war nur ... ich hatte ..."

Er druckst herum wie ein Botenjunge, den man mit der Hand in der Portokasse erwischt hat, dachte Stanley. Vielleicht war Sir Finley geistesgestört und bildete sich Personen ein, mit denen er sich unterhielt? Allerdings hätte er selbst, Stanley, dann ebenfalls an seiner geistigen Gesundheit zweifeln müssen, hatte er doch gerade ebenfalls gemeint, aus diesem - Ding - eine Stimme zu vernehmen. Zwar unverständlich für ihn, aber doch zweifelsfrei eine Stimme.

Inzwischen hatte sich Torrington zu einer mannhaften Entscheidung durchgerungen und zur Flucht nach vorn entschlossen. Er zog das hinter dem Rücken verborgene Kästchen hervor. „Sehen Sie, Stanley, ich arbeite da an einer neuen Entwicklung. Da ist ein Uhrwerk drin, und das fing bei Tisch plötzlich an zu schlagen. Das war mir sehr peinlich, und deshalb bin ich hinausgelaufen. Aber sagen Sie bitte den Herrschaften da drin nichts davon. Es ist mir sehr unangenehm. Ich hätte es vorher abstellen müssen."

„Natürlich Sir."

„Sagen Sie meinetwegen, mir sei übel geworden, aber es gehe mir wieder gut."

„Wie Sie befehlen, Sir." Stanley knickte in der Wirbelsäule leicht ein, die einmalige Kombination aus Strammstehen und Verbeugen, wie sie nur ein Butler zustande brachte. „Darf ich Ihren Teller dann abdecken lassen?"

Torrington seufzte. „Lassen Sie ihn abdecken." Er ergrimmte gegen sich selbst, daß es zu dieser Situation gekommen war. Wenn er dieses Ding abgestellt hätte, wäre ihm die ganze Peinlichkeit erspart geblieben. Andererseits hätte seine Tochter sich dann nicht bei ihm melden können und ihm mitteilen, daß der Autoklav sich überhitzte. Nein, der ursprüngliche Fehler hatte darin bestanden, das Experiment während seiner Abwesenheit einfach weiterlaufen zu lassen und der Mechanik zu vertrauen, die die Temperatur hätte konstant halten sollen, obwohl sie noch nicht ausgereift war.

Mit dem Beginn der Klavierkonzertes fand sich Torrington wieder beim Rest der Gesellschaft ein. Zweifellos hatte Stanley inzwischen die ihm aufgetragene Botschaft überbracht. Außerdem war Lady Isobel viel zu feinfühlig, als daß sie noch einmal nachgefragt hätte. Diese Rolle fiel denn auch Lord Craven zu, der sich im Salon neben ihn gesetzt hatte.

„Schlecht geworden, ja?" Seine schnarrende Stimme war Torrington selbst im Flüsterton unangenehm. „Der Anblick eines ordentlichen kalten Bratens wirft einen Rohköstler wie Sie wohl aus den Stiefeln?"

„Vielleicht war es das." Der Angesprochene neigte seinerseits seinem Nachbarn den Kopf zu. „Wollten wir nicht eigentlich die Musik genießen?"

„Ach wissen Sie, diese russischen Komponisten..." Er deutete eine wegwerfende Handbewegung an, als sei er besseres gewohnt.

„Chopin war Pole", stellte Torrington richtig, womit er den Lord vorerst zum Schweigen brachte. Zu einem mißbilligenden Schweigen zwar, jedenfalls aber zum Verstummen.

*

Während sich solchermaßen die Gesellschaft dem Kunstgenuß hingab, klagte eine unglückliche Florence in der Küche ihr Leid dem Butler Stanley, der sich dort zu einem Tee hingesetzt hatte, nachdem die Lady momentan seiner Dienste nicht bedurfte. „Wie sie mich angeschaut hat! Ich wäre fast im Boden versunken."

„Meinst du, sie hat dich ernsthaft verdächtigt, Sir Finley ‚vergiftet' zu haben?" erkundigte sich mit gutmütigem Spott Hollie, die Köchin.

„Ach, ich hatte es ja wirklich fast vergessen. Beim Servieren sagte sie plötzlich ‚Florence!' und durchbohrte mich mit dem Blick. Da fiel es mir siedend heiß wieder ein, daß ich Sir Finley kein Fleisch geben darf. Aber dann sprang er plötzlich auf und lief nach draußen. Aber ich habe ihm wirklich keins gegeben. Natürlich kriegte ich trotzdem ein schlechtes Gewissen, als sie mich danach zu sich rief."

„Also, da kann ich dich beruhigen. Mit dir hat das überhaupt nichts zu tun."

Florence und Hollie blickten den Butler ungläubig an. „Weißt du mehr als wir?"

Stanley hatte zwar Torrington versprochen, der Gesellschaft nichts zu erzählen. Aber eben nur der Gesellschaft. Vom Personal war nicht die Rede gewesen, und wenn dieses arme Ding von Florence sich hier jetzt Gewissensbisse machte, konnte er das schließlich nicht einfach mit ansehen.

„Lady Lansdon schickte mich ihm nach, nachdem er weggegangen war. Ich fand ihn in der Halle, aber er bemerkte mich nicht." Stanley senkte die Stimme. „Ihr werdet es nicht glauben, wenn ich euch erzähle, was ich gehört und gesehen habe."

„Nun sag's schon", drängte Hollie.

„Na schön. Also.." Stanley berichtete in Einzelheiten von dem unglaublichen Vorgang, dessen Zeuge er geworden war. „Als er mich dann bemerkte, zeigte er mir dieses Kästchen und erklärte, darin sei ein Uhrwerk, das geschlagen habe. Aber ich frage euch: Unterhält sich ein vernünftiger erwachsener Mensch mit einem Uhrwerk?"

„Es gibt Leute, die unterhalten sich mit einem Regenschirm", warf Florence ein.

„Aber Regenschirme antworten nicht. Ich habe die Stimme ja selbst gehört."

„Es gibt auch Leute, die hören Stimmen", meinte Florence anzüglich.

„Sag mal, glaubst du mir nicht?" empörte sich Stanley. „Sir Finley hat es gehört und ich habe es gehört. Da sind wir schon zwei!"

„Wie, sagtest du, nannte er die Stimme in dem Kasten?" fragte Florence.

„Er sagte keinen Namen."

„Aber du hast eben erzählt, er sagte ‚Liebes' zu ihr."

„Stimmt. Zweimal sagte er ‚Liebes'."

Florence dachte angestrengt nach. „Erinnert ihr euch? Manchmal war er mit seiner Tochter hier. Wie hieß sie noch?"

„Amber. Sie heißt Amber."

„Genau: Amber. Und zu der hat er immer ‚Liebes' gesagt. Da bin ich mir sicher!"

Hollies Augen hatten sich in einem dezenten Erschrecken geweitet. „Amber? In dem Kasten? Sir Finley erfindet merkwürdige Dinge. Er war mir nie geheuer. Wenn er nun..."

„Wenn er was?"

„Wenn er sie ... verhext hat? Ihre Seele in den Kasten gesperrt?"

„Hollie, meine Gute, wir leben nicht mehr im Mittelalter."

„Das geht nicht mit rechten Dingen zu! Dieser Torrington ist ein Hexenmeister!" Hollie pochte nachdrücklich mit dem Zeigefinger auf die Tischplatte.

„Für dich immer noch Sir Finley", mahnte Stanley.

*

Im Salon hatte sich unterdessen die Gesellschaft an einer Auswahl von Chopins Préludes delektiert, beendet mit dem Prélude Nummer fünfzehn in Des-Dur, auch als Regentropfen-Prélude bekannt. Miss Aylesford erhob sich vom Klavierschemel und nahm, sich verneigend, den Applaus entgegen.

„Ich schlage vor", meldete sich Lady Lansdon zu Wort, „wir gönnen der Künstlerin und uns eine Pause und lassen den Tee servieren."

Zustimmendes Gemurmel erhob sich. Insbesondere Lord Craven, der inzwischen einen gewissen Druck auf der Blase verspürte, war mit dem Vorschlag sehr einverstanden.

Isobel Lansdon runzelte die entzückende Stirn, als sie ihren Butler nirgends erblickte. „Wie ich sehe, hat der gute Stanley nicht mitbekommen, daß wir eine Pause machen. Sie entschuldigen mich bitte für einen Augenblick, damit ich ihn..." sie schmunzelte ein wenig „...an seine Pflicht erinnere."

„Lassen Sie nur." Mit jovialem Lächeln erhob sich Craven. „Ich wollte mich ohnehin kurz frisch machen gehen, ich schicke Ihnen den Burschen herein."

Craven mußte nicht lange suchen. Kaum hatte er die Halle betreten, vernahm er eine heftige Diskussion aus der Richtung der Küche, an der eine kräftige weibliche Stimme, mutmaßlich die der Köchin, und - eher in beschwichtigendem Tonfall - diejenige des Butlers beteiligt war.

„Wenn es nach mir ginge, würde die Lady mit diesem Torrington, Verzeihung, diesem Sir Finley - ha! - nicht mehr verkehren! Er ist mit dem Satan im Bund und wird mit seinen sogenannten Erfindungen dereinst das Imperium ins Unglück stürzen, was sage ich, das Imperium? Die Welt!"

Nun hätte Lord Craven seinerseits nichts dagegen gehabt, wenn Lady Lansdon diesem Emporkömmling die Freundschaft aufgekündigt hätte, aber daß ausgerechnet die Köchin, die nach menschlichem Ermessen mit ihm gar nichts zu tun haben konnte, solche Forderung ausstieß, verwunderte ihn doch sehr. Bis er, im Nähertreten, Stanleys Entgegnung vernahm.

„Hollie, meine Gute, nun komm mal wieder auf den Boden. Sir Finley arbeitet an mechanischen Erfindungen. Die sind zwar oft erstaunlich, aber es ging bisher alles mit rechten Dingen zu. Ich kann mir ja auch nicht erklären, wie es möglich sein soll, daß er durch dieses Kästchen mit seiner Tochter spricht, aber du weißt selbst, daß man mit einem Aethergramm eine Nachricht über den Ozean schicken kann. Du selbst hast auf diesem Wege schon einmal...“

„Die Aethergraphengesellschaft ist eine anständige Behörde des Imperiums. Das ist ganz etwas anderes!“ fauchte die Köchin.

Craven hatte genug gehört. Mit betont festem Schritt näherte er sich der Küchentür, und da diese einen Spalt offen stand, mußte er nicht einmal anklopfen. Er räusperte sich geräuschvoll. „Stanley! Die Lady verlangt nach Ihnen!“ blökte er.

Die Tür wurde vollends aufgerissen, Stanley trat hervor und nahm Haltung an. „Mylord!“

„Husch! Sie sollen den Tee servieren und sich nicht mit dem subalternen Personal verplaudern!“

Stanley eilte davon, in Richtung des Salons. Craven ebenfalls, nur in die entgegengesetzte Richtung, seinem ursprünglichen Anliegen nach.

*

Für den zweiten Teil des Konzertes hatte Amelia Aylesford einige Etüden aus dem Opus zehn ausgewählt, bei denen sie die unglaubliche Virtuosität ihrer Finger unter Beweis stellen konnte. Vielleicht auf Wunsch Lady Lansdons, vielleicht einer inneren Stimmung folgend, konzentrierte sie sich auf diejenigen Werke, die in einer Moll-Tonart gesetzt waren, und versetzte so die Gesellschaft in eine melancholische Stimmung.

Ausgenommen davon war indes Lord Craven. Dieser konnte der Musik nichts mehr abgewinnen, seit seine Gedanken um das an der Küchentür Erlauschte kreisten.

Über ein geheimnisvolles Kästchen mit seiner Tochter gesprochen hatte Torrington. Soso. Das Stichwort ‚Aethergramm' hatte in Craven sofort eine Assoziation ausgelöst. Die ISPC hielt alle Patente auf den drahtlosen Nachrichtenverkehr mit ihren Schiffen und Stationen in Übersee. Jede Reederei, die ebenfalls zeitverlustfrei mit ihren Kapitänen zu kommunizieren wünschte, mußte Lizenzgebühren an die Imperial Steam Propulsion Company abführen. Und zwar nicht wenig.

Wäre es so abwegig, wenn Torrington, dieser verdammte Philanthrop, ein neues Verfahren entwickelt hatte, mit dem sich nicht nur Morsezeichen, sondern auch menschliche Sprache übertragen ließen? Und wäre es nicht wunderbar, wenn die ISPC sich die exklusiven Rechte an dieser Entwicklung hätte sichern können?

Gehört hatte man von Torringtons Neuentwicklung noch nichts. Vermutlich arbeitete er noch daran, sie zu perfektionieren. Aber wenn er von hier aus über - Wie weit entfernt wohnte er eigentlich? Vielleicht vier oder fünf Meilen? - über diese Distanz mit seiner Tochter sprechen konnte, dann mußte er mit der Arbeit schon ziemlich weit fortgeschritten sein.

Soviel war klar, einer Zusammenarbeit bei der Verwertung der Entwicklung würde dieser Bauer niemals zustimmen. Jedenfalls nicht freiwillig. Am besten brachte er die Konstruktionspläne an sich und meldete sie für die ISPC zum Patent an, noch ehe Torrington sie, wie gewohnt, in The Annals For Scientific And Technological Improvement Of The Royal Society veröffentlichen konnte.

Und um das zu erreichen, würde er, Lord Craven, da er einen legalen Weg nicht sah, wohl einen etwas außerhalb von Recht und Gesetz gelegenen wählen müssen. Hinterher mochte Torrington das Patent anfechten; die ISPC verfügte über ein Heer brillanter Advokaten, die ihn in seine Schranken verweisen würden.

Mechanisch applaudierte er, als die Pianistin sich verbeugte. Von der Etüde Nummer sechs in es-moll, mit der sie ihr Konzert beendet hatte, hatte er nicht eine einzige Note bewußt mitbekommen.

2. Billard

Zwei Wochen lang feilte Craven an seinem Plan, sich in den Besitz von Torringtons Erfindung zu bringen. Neben den Rechtsexperten der ISPC wußte er sich auch noch einer anderen Spezialistentruppe zu bedienen, weniger angesehen als jene, aber dafür auch viel preiswerter. In den einschlägigen Spelunken trieben sich genug gescheiterte Existenzen herum, die für ein paar Schillinge oder notfalls eine Pfundnote außergewöhnliches zu leisten vermochten. Diebstahl, Einbruch, Mord, es war alles eine Frage des Preises. Ironischerweise verdankten einige dieser Individuen ihren Abstieg gerade der ISPC, die durch ihre rationalisierten Fertigungsmethoden manch einen ehrbaren Handwerker in den Konkurs getrieben und in der Gosse hatte stranden lassen. Gleichwohl. Jetzt konnte sich der eine oder andere glücklich schätzen, aus den Händen der gleichen Company, die ihn vernichtet hatte, einen Lohn für seine zweifelhaften Dienste zu empfangen.

Es mißbehagte Lord Craven verständlicherweise, sich ohne Not persönlich in diese Kreise zu begeben. So knüpfte er seine Kontakte zunächst über Bekannte und Mittelsmänner, bis diese eine geeignete Truppe für die beabsichtigte Unternehmung rekrutieren und ihm vorstellen konnten. Fünf Pfund Vorschuß bis hier. Zehn weitere, wenn das Vorhaben gelang. Zweifellos ein Geschäft, das sich rechnete.

*

Sir Finley Torrington tauchte die Feder ins Tintenfaß, zog am Rand den herabhängenden Tropfen ab und notierte dann mit gerader, unverschnörkelter Handschrift, wie er sie auf der Volksschule gelernt hatte, die letzten Meßdaten in seinem Protokollbuch. Die Temperaturregelung arbeitete seit einer Woche zufriedenstellend und es war zu keinen weiteren Pannen gekommen. Die letzte Schwierigkeit, die Hysteresis im Parallelhebel, hatte er gemeistert, nachdem er sie erkannt hatte. Es war an der Zeit für die Veröffentlichung.

Er blickte auf die Wanduhr. Sieben Uhr abends. Ausnahmsweise hatte er seine Arbeiten, zu denen sein ruheloser Geist ihn antrieb, nicht erst nach Mitternacht beenden können, sondern zu einer nachgerade zivilen Uhrzeit. Er legte die Feder beiseite und schüttete etwas Streusand aus der Dose über seine letzte Eintragung. Die Uhr begann mit gemächlicher, tiefer Tonlage zu schlagen, als er seine Werkstatt verließ und die wenigen Schritte durch den schmalen Korridor in seine Wohnung zurücklegte.

Amber saß auf dem Sofa. Nein, sie saß eigentlich nicht, sie räkelte sich in bequemer, wenngleich wenig damenhafter Haltung auf der Sitzfläche und hatte die Beine untergeschlagen, mit der einen Hand den Kopf stützend, mit der anderen ihre Lektüre haltend, ein schmales Bändchen mit Gedichten eines kontinentalen Poeten, das Torrington als jenes erkannte, das er ihr zum letzten Geburtstag - sie war eben siebzehn geworden - geschenkt hatte. Er erfreute sich für einen Augenblick daran, daß er mit dem Geschenk offenbar ihren Geschmack getroffen hatte, und für einen weiteren einfach an ihrem Anblick. Sie hatte die roten Haare ihrer Mutter geerbt, deren Lockenpracht sich über ihre Schultern ergoß und im Schein des Gaslichts besonders feurig zu leuchten schien. *Wie eine Herde Ziegen, die herabsteigen vom Gebirge Gilead*, kam ihm unvermittelt in den Sinn, ohne daß er momentan zu sagen gewußt hätte, woher genau dieses Zitat stammte.

Sie sah von ihrem Buch auf und musterte ihren Vater. „Gibt es Schwierigkeiten bei deinem Versuch?" erkundigte sie sich, angesichts der ungewohnten Uhrzeit seines Erscheinens.

Sir Finley lachte. „Im Gegenteil. Es funktioniert perfekt. Und da man aufhören soll, wenn man einen Erfolg zu verzeichnen hat, werde ich die Versuche jetzt ruhen lassen und auf eine Partie Billard und ein Glas Bier in den Pub gehen. Wenn du gestattest."

„Warum sollte ich nicht? Mein Vater macht mir wenig Vorschriften und ich ihm auch nicht." So, wie sie es sagte, klang es ernsthafter als sie es meinte.

Sie erhob sich, und das Kleid fiel wieder züchtig über ihre Beine.

„Ich hole dir den Mantel. Es ist kalt und neblig."

„Danke, Liebes."

„Und - nimmst du wieder das ... du weißt schon ... mit? Ich fühle mich besser, seit ich meinen Vater jederzeit in Rufweite weiß."

„Eines Tages wirst du dein eigenes Leben führen wollen. Dann wirst du dich besser fühlen, wenn du deinen Vater nicht direkt in Rufweite weißt."

Amber grinste unbekümmert. „Ich werde es dich wissen lassen, wenn es soweit ist." Sie nahm den Mantel von der Garderobe und half ihm hinein, dann betrat er noch einmal seine Werkstatt und holte das messingbeschlagene Kästchen, das seine Tochter als Du-Weißt-Schon bezeichnet hatte.

„Marconiphon", sagte er. „Man könnte es Marconiphon nennen, nach dem Entdecker der Aetherwellen."

„Warum nicht Torringtonphon?"

„Weil ich bescheiden bin, und weil das nicht klingt", grinste er und steckte es in die Jacke. „Bis dann."

„Soll ich dir ein Abendessen bereithalten?"

„Eine Kleinigkeit vielleicht. Ich denke, ich werde gegen halb zehn oder zehn zurück sein."

Er küßte sie flüchtig auf die Wange und zog die Tür hinter sich ins Schloß.

*

Die Turmuhr schlug die halbe Stunde, als Sir Finley die Wirtschaft betrat, über deren Tür die Lettern auf einem Messingschild den Namen ‚The Duke of Ilchester' verkündeten, ohne daß dies allerdings bei der jetzt auf der Straße herrschenden Dunkelheit zu entziffern gewesen wäre. Nur durch zwei Fenster, links und rechts der Tür, drang trüber Lichtschein, der aber nicht mehr als ein paar Quadratfuß Pflastersteine zu einem nebelfeuchten Glanz illuminierte.

Die Luft drinnen war von Tabaksqualm und lautstarker Unterhaltung erfüllt, ein paar Gaslampen konkurrierten mit den Gästen um den Sauerstoff. Flüchtig kam Torrington der Gedanke, daß er sein

Atemgerät, wenn schon nicht für die Underground, so doch für den Gebrauch in öffentlichen Wirtschaften weiterentwickeln sollte.

„Guten Abend, Elijah", grüßte er den Wirt.

„Ah, guten Abend, Sir Finley. Wie ist das werte Befinden? Haben Sie Ihren Maschinen mal ein paar Stunden Erholung gegönnt?"

„So könnte man es in der Tat formulieren." Er lehnte sich auf den Tresen.

„Ein Ale, wie üblich?"

„Ja, bitte." Finley wies mit einem Daumen schräg nach hinten auf eine Tür, die zu einem Nachbarraum führte. „Ist jemand drüben?"

„Im Billardzimmer? Zwei Gentlemen, seit etwa einer Stunde." Elijah ließ kunstgerecht das Bier aus dem Zapfhahn ins Glas rinnen.

„Jemand, den ich kenne?"

„Kaum, Sir. Habe die Gesichter hier früher nicht gesehen. Kommen aber seit ein paar Tagen jeden Abend. Vielleicht zugezogen. Reden nicht viel. Aber vielleicht kommen Sie mit ihnen ja über Ihren gemeinsamen Sport ins Gespräch."

„Mal sehen."

„Und wie geht's dem Fräulein Tochter?"

„Alles bestens, danke."

Torrington erhielt sein Bier, nahm das Glas vom Tresen und strebte damit der Tür zum Billardzimmer zu. Ihm war, als ob er in dem Moment draußen eine Droschke oder ein Fuhrwerk vorfahren hörte, aber es war zu laut in der Gaststube, um sich dessen sicher zu sein. Außerdem war es unbedeutend. Jemand, der mit einer Kutsche anreiste, tat dies nicht, um dem ‚Duke of Ilchester' einen Besuch abzustatten. Vermutlich galt es einem der benachbarten Häuser.

Die Gentlemen im Billardzimmer sahen nicht aus, als ob sie diesen Ehrentitel, den Elijah ihnen in unerschütterlicher political correctness verliehen hatte, wirklich verdienten. Die Kleidung sah nach Fabrikarbeitern aus, die eben von der Schicht kamen. Allerdings war Sir

Finley nicht der, der über dergleichen die Nase rümpfte, er war selbst ein Emporkömmling, dessen war er sich bewußt, und seine Tweedjacke hatte neulich auf der Gesellschaft im Hause Lansdon ebenfalls Anstoß erregt - wenn auch nur bei Lord Craven. Eher schon fiel auf, daß die beiden nicht wirklich Billard spielten. Sie lümmelten am Spieltisch, unterhielten sich gedämpft, und der eine rollte dabei gedankenverloren die weiße Kugel hin und her.

„Guten Abend, die Herren. Hätten Sie etwas dagegen, wenn ich mich auf ein paar Runden zu Ihnen geselle? Torrington mein Name."

„Ashton. Sehr angenehm." Der andere verzichtete auf eine Vorstellung, aber die beim Eintreten herrschende Lethargie war mit dem Erscheinen Torringtons sichtlich von ihnen abgefallen.

Jener zog seine Jacke aus und hängte sie über einen Garderobenhaken, um in der Bewegung nicht behindert zu sein, dann legte er, da sich sonst niemand die Mühe machte, zwei Kugeln auf den Tisch, rot und weiß, und stieß die eine davon gegen die Bande. „Jetzt Sie."

Ashton tat das gleiche mit der anderen Kugel und erreichte, daß seine etwas weiter rollte. „Ich beginne."

„Bitte."

Er brachte die Kugeln in die Anfangsposition und kreidete umständlich den Queue ein. Sein namenloser Begleiter trat zurück und verschränkte die Arme vor der Brust, während er dem Spiel der beiden anderen mit mäßigem Interesse folgte. Torrington, wie stets beim Billard nach kurzem von der geometrischen Ästhetik des Spiels gefangengenommen, achtete nicht weiter auf ihn. So entging es ihm völlig, daß dieser, als er ihm den Rücken kehrte, seine Finger über die abgelegte Jacke gleiten ließ, dann in die Innentasche faßte und schließlich zielsicher das Marconiphon herauszog und an sich brachte.

„Sie entschuldigen mich kurz, Herrschaften?"

*

Er erhielt von den ins Spiel Vertieften nicht einmal eine Antwort, was ihm nur recht war. Eiligen Schrittes durchquerte er die Gaststube. Da er sein vorhin konsumiertes Bier bereits bezahlt hatte, hielt ihn niemand auf. Dann war er auf der Straße. Torrington hatte sich übrigens nicht getäuscht, dort wartete wirklich eine Kutsche, zweispännig, der Kutscher in einen schweren Mantel gehüllt auf dem Bock dösend. Die Fenster des Fahrzeugs waren mit schwarzem Stoff verhängt, aber der Mann wurde offenbar beobachtet und erwartet. Die Tür öffnete sich einen Spalt weit.

„Jayden?“

„Derselbe.“ Die Tür wurde vollends geöffnet, er stieg ein.

„Sie haben es?“

„Ich habe das, was Torrington in seiner Jackentasche trug.“

„Lassen Sie sehen!“ Eine Laterne wurde entzündet, so daß man nun den Mann, der in eine Decke gehüllt im Polster gewartet hatte, erkennen konnte. Er war grauhaarig und trug ein Monokel im linken Auge.

„Hier.“ Der Dieb namens Jayden brachte das schmale, längliche Ebenholzkästchen mit den Messingbeschlägen zu Vorschein.

Craven nahm es ihm vorsichtig aus den Händen, dann strich er geradezu zärtlich mit den Fingern darüber. „Endlich!“

„Das Honorar, Sir?“ wagte der andere ihn zu erinnern.

„Nicht so eilig. Wir sind noch nicht fertig.“ Craven zog unter den Sitzen eine Holzplatte hervor und legte sie zwischen die beiden freien gegenüberliegenden Sitze der Equipage. Darauf kam das erbeutete Gerät. Jetzt nahm er sich die Zeit, es genauer zu betrachten. Fünf offenbar verschiebbare Hebel beherrschten die eine Seite. Auf der Oberseite befanden sich zwei Messingkapseln, die von einigen Bohrungen durchbrochen waren. In einer Vertiefung an der anderen Seite schien eine kleine Kurbel eingelassen zu sein, daneben drei Messingknöpfe. Die Unterseite brachte keine neuen Erkenntnisse, außer vier Schrauben, die vermutlich das Ganze zusammenhielten.

Craven deutete nach oben. „An die Arbeit!“ Er prüfte die schweren Vorhänge an den Fenstern und rückte den einen zurecht. Nein, es würde kein Lichtschein nach draußen dringen.

Die Sache war ohne Zweifel gut vorbereitet. Jayden griff aus der Gepäckablage einen Holzkasten, der sich als eine photographische Kamera herausstellte, dazu einen zweiten, der, in Einschüben nebeneinander aufgereiht, eine Anzahl Photoplatten bereithielt. Er befestigte die Kamera auf einem kurzen Stativ, steckte die Rinne für das Magnesiumpulver auf und lud sie mit der ersten Portion. „Schließen Sie besser die Augen, Sir."

Er öffnete den Verschluss der Kamera, riß ein Schwefelholz an und entzündete den Blitz. Mit einem Fauchen flammte das Magnesium auf, die grelle Helligkeit drang auch durch die geschlossenen Lider.

Der beißende Qualm ließ Craven husten, er öffnete ein Fenster des Wagens, um frische Luft hereinzulassen. „Weiter!" befahl er dennoch ungeduldig.

Das Kästchen wurde gewendet. Aus einem Etui entnahm Jayden einen Schraubenzieher und löste die Schrauben des Gehäuses.

„Vorsicht!" mahnte Craven. „Verlieren Sie keine Kleinteile. Hier."

Er stellte eine leere Zigarrenkiste auf das Holzbrett, um die entfernten Schrauben zu sammeln. Die Arbeit überließ er Jayden. Als ehemaliger Uhrmacher wußte jener am besten mit filigranen Mechanismen umzugehen. Nach dem Öffnen wurden fünf längliche Schienen sichtbar, die offenbar mit den von außen sichtbaren Hebeln bewegt werden konnten, außerdem gab es einen, nein drei kammförmige Schieber, die mit den seitlichen Knöpfen in die Schienen gedrückt werden konnten. Oberhalb davon gab es eine Art Pergamentpapier, unter dem eine Walze lag, die wiederum von einem Uhrwerk angetrieben zu werden schien. Aha, und das Uhrwerk wurde offenbar mit der Kurbel aufgezogen.

Es war nicht zu vermeiden, daß Jayden mit seinem Werkzeug gegen eine kleine Glocke stieß, die daraufhin einen zarten Ton von sich gab. Beide, Jayden und Craven, zuckten zusammen, aber es passierte weiter nichts. „Nächste Aufnahme!" befahl Craven. Er schloß das Fenster und zog den Vorhang wieder davor.

Jayden entnahm der Kamera die Filmkassette, steckte sie in ihr Fach und lud eine neue. Dann legte er einen frischen Beutel Magnesium in die Rinne des Blitzlichtes. „Bereit."

„Dann los."

Der Blitz zündete. Craven blinzelte vorsichtig durch die Schwaden des Qualms und schob erneut das Fenster auf. „Dafür sollte man auch mal etwas anderes erfinden!" hustete er. Er studierte den freigelegten Mechanismus. „Für was halten Sie das hier?"

„Hm. Ein kleines Glasgefäß. Mit Harz vergossen. Eine galvanische Zelle vielleicht."

„Können wir das hier abheben, um die Unterseite aufzunehmen?"

„Ich probiere es. Halten Sie mal die Feder hier fest, damit sie nicht wegspringt. Ja, so." Jayden schien jedenfalls sein Geld wert zu sein, er zerlegte den Apparat zielsicher und kunstgerecht.

Eine weitere photographische Aufnahme folgte. Dann gab es nichts neues mehr zu entdecken. Was nicht hieß, daß Craven jetzt hätte sagen können, wie das Ding eigentlich funktionierte. Aber dafür bezahlte er weitere Spezialisten, die würden es herausfinden. „Gut. Bauen Sie es wieder zusammen."

Jayden drückte die galvanische Zelle an ihre Platz und setzte den Block mit den fünf Schienen ein. Eine Feder stellte sich quer, er rückte sie mit einer Pinzette in ihre Führung. Zwei Schrauben fixierten die Mechanik wieder. Jetzt das Gehäuse...

Oberhalb der Schienen sprang ein kleiner Funke über. Jayden und Craven erstarrten synchron. Hatte der Schraubenzieher die Zelle kurzgeschlossen? Aber die Hand mit dem Werkzeug schwebte über dem Gerät und berührte es nicht. Die Schienen bewegten sich von selbst, zwei nach oben, die drei anderen nach unten. Man konnte ahnen, wie Kontakte sich öffneten und schlossen. Dann begann die Glocke zu schlagen. Schier unaufhörlich zu schlagen. Bing. Bing. Bing...

Craven und sein Handlanger sahen sich hilflos an.

„Was jetzt?" fragte der Uhrmacher.

Craven erinnerte sich, daß er damals bei Tisch, im Hause Lady Lansdons, genau dieses Geräusch gehört hatte, kurz bevor Torrington aufgesprungen und nach draußen gelaufen war. Und dann war Stanley Zeuge dieses merkwürdigen - Ferngesprächs geworden.

„Jemand versucht, mit Torrington zu sprechen. Seine Tochter vermutlich", erkannte Craven. Und sie wird mißtrauisch werden, wenn sich niemand meldet, fügte er in Gedanken hinzu. Da blieb nur eins, er mußte die Verbindung herstellen. Aber wie?

„Wir müssen es in Betrieb setzen. Schnell!" flüsterte er.

Jaydens Blick irrte über den noch offen daliegenden Mechanismus. Dann fiel ihm der Knebel auf, den man drehen konnte, um einen electrischen Kontakt zu schließen. „Hier. Soll ich?"

Craven zögerte kurz. „Ja. Tun Sie's."

Nach dem Herstellen des Kontaktes begann das Uhrwerk abzulaufen, und die Walze drehte sich schabend unter dem Pergament. Und tatsächlich, jetzt hörte er es mit eigenen Ohren: Aus dem Surren und Rauschen erklang, dünn und sehr entfernt, eine menschliche Stimme. „Hallo? Vater?"

Es war mit Mühe zu erkennen, daß es sich um eine weibliche Stimme handelte, und daß es Amber Torrington war, erriet man nur, wenn man es wußte. Das brachte Craven auf den verwegenen Gedanken, daß man auch seine eigene Stimme am anderen Ende dieser unglaublichen Verbindung kaum identifizieren würde. „Ja, Liebes. Ich bin hier."

„Es tut mir leid, daß ich dich störe. Ich wollte dir sagen, daß hier eine Spinne in der Küche ist."

„Eine ... Spinne?" Er glaubte, sich verhört zu haben - was bei der schlechten Tonqualität nicht ausgeschlossen war.

„Eine Spinne! Sogar eine Aranea Diademata!" Tatsächlich. Das durfte ja wohl nicht wahr sein! Amber Torrington mußte unter einer ausgeprägten Arachnophobie leiden, wenn sie deswegen nach ihrem Vater rief, den sie zwanzig Minuten von daheim entfernt in einem Pub wußte.

„Deswegen störst du mich? Schlag sie tot und gut ist.“

„Eine Diademata? Totschlagen? Aber, Vater...“

„Mehr fällt mir jetzt nicht dazu ein.“

„Ich ... na gut. Und entschuldige bitte die Störung.“ Trotz der miserablen Tonqualität kam es Craven vor, als ob das Mädchen jetzt beleidigt war. Während er noch auf die Mechanik des Gerätes starrte, fielen die Schienen in die anfängliche Position zurück und die Walze hörte auf sich zu drehen.

Jetzt erst begriff er die Konsequenzen dieses Gesprächs. Wenn Torrington nach Hause kam, würde ihn seine Tochter vermutlich auf diese, für sie zweifellos unerquickliche, Unterhaltung ansprechen. Und Torrington würde erkennen, daß jemand anders mit seiner Tochter gesprochen hatte. Damit war der Plan, das Ding aus seiner Tasche zu stehlen, zu photographieren und dann unbemerkt wieder an seinen Platz wandern zu lassen, obsolet geworden. Zweifellos war es voreilig gewesen, das Gespräch mit dem Mädchen zu beginnen und sich für Torrington auszugeben. Andererseits wäre es ebenso riskant gewesen, sich nicht zu melden. Egal, jetzt war es passiert.

„Planänderung!“ stieß Craven hervor. „Manipulieren Sie das Ding wieder in seine Tasche und sorgen Sie dafür, daß er demnächst den Pub verläßt. Sowie er rauskommt, nehmen wir ihn mit.“

„Entführen? Aber, Sir...!“

„Was ist?“

„Es war nur von Klauen die Rede. Mehr war in dem Honorar nicht enthalten.“

„Ist das Ihre ganze Sorge? Ich verdopple den Preis.“

„Sagen wir verdreifachen?“

„Sie werden unverschämt, Jayden. Aber wir haben keine Zeit zum Streiten. Einverstanden. Das Dreifache. Und nun sehen Sie zu, daß Sie das Ding wieder zusammenschrauben und an seinen Platz bringen. Er darf keinen Verdacht schöpfen. Aber machen Sie es zur Sicherheit unbrauchbar.“

„Wie, unbrauchbar...?“ wunderte sich Jayden.

„Lassen Sie sich was einfallen. Schneiden Sie einen Draht durch oder irgendwas. Nicht, daß er damit noch ein Gespräch führt.“

Der Uhrmacher löste daraufhin einen der Kontakte von dem Teil, das er für eine galvanische Zelle hielt. Dann setzte er das Gehäuse wieder zusammen.

*

Im Billardzimmer führte inzwischen Torrington mit neunundzwanzig zu siebzehn Punkten gegen Ashton, als Jayden den Salon wieder betrat. „Na, auch wieder da?“

Jayden gab seinem Kompagnon einen Wink, woraufhin dieser mit einer Abgabe Torrington auf die andere Seite des Spieltisches lotste, so daß er unbemerkt das Kästchen wieder in die Jacke stecken konnte. Nur daß niemand mehr damit ein Gespräch hätte führen können. Nachdem die Manipulation gelungen war, schob er sich unauffällig in Richtung der Wanduhr, überzeugte sich, daß Torrington immer noch über den Spieltisch gebeugt stand, und schob die Zeiger, die eben nach neun standen, auf halb zehn. Pflichtschuldig schlug die Uhr die angebrochene halbe Stunde. „Wir müssen los, Mister Ashton.“

„Los? Tatsächlich?“ Ashton zeigte sich etwas begriffsstutzig, zumal er von der spontanen Planänderung noch nichts wissen konnte.

„Tatsächlich. Sehen Sie mal auf die Uhr!“

„Halb zehn. Donnerwetter. Geht die Uhr richtig? Ich hätte wetten mögen, es ist erst...“ Er verstummte, als er Jayden hinter dem Rücken Torringtons gestikulieren sah. „Na ja, wenn es am schönsten ist, soll man bekanntlich aufhören.“

Sir Finley wandte sich um. „Wollen Sie die Partie etwa abbrechen?“

„Sie gewinnen ohnehin Sir, und ich habe mich wohl in der Zeit verschätzt. Nehmen Sie es mir nicht übel.“

Torrington war durchaus etwas verärgert, seinen Gegner nicht regelgerecht besiegt zu haben, aber er schluckte es hinunter. „Es steht mir zweifellos nicht zu, über Ihre Zeit zu verfügen, Mister Ashton.

Vielen Dank immerhin, daß Sie mir bis hier Gesellschaft geleistet haben." Er stellte seinen Queue in die Halterung an der Wand und räumte die Kugeln an ihren Platz. Dann blickte er noch einmal mißtrauisch zur Uhr. „Tatsächlich, halb zehn. Nun, dann sollte ich vielleicht auch gehen."

Den letzten Schluck Bier ließ er in seinem Glas, er war jetzt schal und warm. „Guten Abend, Gentlemen."

„Guten Abend, Sir." Jayden schob Asthon mit einer gewissen Hast hinaus, während Torrington seine Jacke anzog. Er spürte das Gewicht des Marconiphons auf der linken Seite, und es kam ihm flüchtig der Gedanke, daß es eigentlich leichtsinnig war, das kostbare Gerät unbeaufsichtigt in der Jackentasche zu lassen. Immerhin, beruhigte er sich, war er ja die ganze Zeit über im Raum geblieben.

Als Torrington in die verräucherte Gaststube trat, war von seinen beiden seltsamen Bekanntschaften schon nichts mehr zu sehen. Er legte das Geld für sein Bier auf den Tresen.

„Sie gehen schon, Sir Finley?"

„Meine Spielpartner haben die Lust verloren, und meine Tochter erwartet mich vermutlich mit dem Abendessen."

„Ja, dann..."

„Bis zum nächsten Mal, Elijah."

„Gute Nacht, Sir."

*

Feuchter Nebel empfing Sir Finley, als er auf die Straße trat. Dennoch erkannte er, daß das spärliche Licht, das aus den beiden Fenstern des ‚Duke of Ilchester' drang, sich in den polierten Beschlägen an der Tür eines auf der anderen Straßenseite abgestellten Fahrzeugs spiegelte. Das nächste, das spiegelte, nur wesentlich näher, war die Mündung eines großkalibrigen Revolvers, den ihm ein plötzlich neben ihm stehender Mensch unter die Nase hielt. Als er unwillkürlich zurückzuckte, stieß er gegen einen zweiten Mann, der auf der anderen Seite neben ihn getreten war. „He! Was soll das?" empörte sich Torrington.

„Wir müssen Sie bitten, uns zu begleiten", erklärte der mit dem Revolver mit leiser, eindringlicher Stimme, in der er zweifelsfrei diejenige seiner neuen Bekanntschaft Ashton erkannte.

„Mister Ashton! Ich verlange eine Erklärung!"

„Später. Jetzt steigen Sie bitte ohne weiteres Aufsehen in die Kutsche dort, sonst bin ich gezwungen, Ihnen eine halbe Unze Blei in Ihren wertvollen Schädel zu pusten. Was ich, wie Sie mir glauben dürfen, nur sehr ungern täte."

Torrington erwog kurzfristig, es darauf ankommen zu lassen, ob dieser Ashton das wirklich wagen würde. Vielleicht bluffte er nur. Wenn nicht, dann wäre es ein schneller Tod, und er würde im nächsten Augenblick vor seinem Schöpfer stehen, von dem er angesichts seines bisherigen recht geradlinigen Lebenswandels nicht allzu viel zu befürchten zu haben glaubte, und den Rest hatte Christi Blut abgewaschen. Den Ausschlag gab dann die Erkenntnis, daß er auf diese Weise seine geliebte Tochter Amber auch noch des Vaters berauben würde, nachdem sie, kaum geboren, bereits zur Halbwaisen geworden war. Folglich sträubte er sich nicht weiter, als die beiden Männer ihn zwischen sich nahmen und zu der wartenden Kutsche eskortierten.

Jayden öffnete die Tür und stieg in die Kabine, Ashton stieß Sir Finley vor sich her und folgte dann. Im gleichen Augenblick trieb auch schon der Kutscher mit einem „Hüa!" seine Pferde an und das Fahrzeug setzte sich mit einem Ruck in Bewegung, woraufhin Torrington etwas hart in den Sitz fiel. Wohin es ging, konnte er nicht erkennen, die Vorhänge waren zugezogen, außerdem flankierten seine beiden Entführer ihn links und rechts, so daß er nicht einmal in die Nähe eines Fensters hätte kommen können.

Torrington schnupperte und stellte fest, daß es nach abgebranntem Magnesium roch, aber er konnte sich keinen Reim darauf machen. Die inzwischen wieder in der Gepäckablage verstaute Kamera konnte er bei der miserablen Beleuchtung nicht erkennen, und selbst dann wäre ihm wohl nicht eingefallen, wozu man in der Kutsche eine Ausrüstung für Daguerrotypie mit sich schleppen sollte.

Der Hufschlag der Pferde klapperte über Kopfsteinpflaster, der Wagen rumpelte und schaukelte. Torrington überschlug seine Chancen, vielleicht in einem Augenblick der Unaufmerksamkeit seinen Entführern zu entkommen oder wenigstens mittels des Marconiphons seine Tochter zu verständigen. Eine realistische Erfolgsaussicht bestand nicht. Sie waren zu zweit, Ashton spielte immer noch mit dem Revolver, und einen Kutscher gab es immerhin auch noch. Er sah ein, daß es vorerst geraten war, sich in sein Schicksal zu fügen.

*

Amber Torrington, deren düstere Zukunft als Vollwaise Torrington letztlich von einer Tollkühnheit abgehalten hatte, blickte mit rasendem Herzen und keuchendem Atem der Kutsche nach, die nach Kurzem durch den Nebel ihrer Wahrnehmung entzogen wurde, dem Auge wie dem Ohr, und sie fragte sich, ob es richtig war, was sie getan beziehungsweise nicht getan hatte.

Noch während des so unbefriedigend verlaufenen Gesprächs, das sie über das Marconiphon geführt hatte, war ihr klar geworden, daß etwas nicht stimmen konnte. Ihr Vater hätte ihr niemals geraten, die Spinne zu erschlagen. Er war ein Bewunderer von Spinnen aller Art, schätzte ihre Geschicklichkeit in der Herstellung kunstvoller Netze, und die wunderschöne Kreuzspinne, deretwegen sie ihn hatte verständigen wollen, hatte auch ihr keinerlei Angst gemacht. Sie hatte sie unter einem Küchensieb gefangen, weil sie wußte, daß ihr Vater für einen seiner Versuche einen frisch gezogenen, sauberen Spinnenfaden benötigte. Er selbst hatte ihr den Auftrag erteilt, bei Gelegenheit eine einzufangen. Wenn man sie dann dazu brachte, sich aus einer gewissen Höhe abzuseilen, würde man einen Faden von der Art erhalten, wie Torrington ihn brauchte.

Jetzt hatte der Zufall ihr eine Aranea Diademata zugespielt, sie hatte kurzerhand ein Sieb über sie gestülpt, und nun mußte ihr Vater das Tier dazu bringen, ihm seinen Faden zu spinnen, damit er sie wieder in Freiheit setzen konnte. Nur, um die Spinne nicht unnötig lange einsperren zu müssen, hatte sie sich über ihr Marconiphon mit ihm in Verbindung zu setzen versucht und dabei in Kauf genommen, ihn beim Billard zu stören.

Aber der da mit ihr gesprochen hatte, war - obwohl die Qualität des Gerätes bisher noch keine gute Identifizierung einer Stimme ermöglichte - nie und nimmer ihr Vater gewesen. Ihr Instinkt hatte ihr gesagt, wenn sich anstelle ihres Vaters ein Fremder meldete und sich für ihn ausgab, dann konnte das nur bedeuten, daß ihr Vater in Gefahr war. Sie hatte das Gespräch also hastig beendet, sich ihren Mantel übergeworfen und war losgerannt. Die zwanzig Minuten Fußweg bis zum ‚Duke of Ilchester‘ hatte sie, wenn auch um den Preis roter Ringe vor den Augen, in sieben geschafft. Und so war sie gerade noch rechtzeitig gekommen, um von weitem zu sehen, wie zwei Unbekannte sich Sir Finleys bemächtigten, sowie er aus dem Pub getreten war. Mit äußerster Willenskraft war es ihr gelungen, die Regung zu unterdrücken, loszuschreien. Sie hatte sich gesagt, daß sie damit nur die Männer auf sich aufmerksam machen würde, und dann wäre sie eine unerwünschte Zeugin gewesen. Und was man mit unerwünschten Zeugen alles zu machen in Erwägung ziehen konnte, wollte sie sich gar nicht ausmalen.

Dann war jemand auf der anderen Seite aus der wartenden Kutsche gestiegen und zu dem Kutscher auf den Bock geklettert. Das einzige, das sie von ihm erkannte hatte, war sein im linken Auge blitzendes Monokel gewesen. Aber das genügte ihr, um zu wissen, daß sie es mit Lord Craven zu tun hatte. Er hatte es vorgezogen, auf den Kutschbock umzuziehen, ehe der entführte Torrington ihn erkennen konnte. Und folglich wußte Amber Torrington in diesem Augenblick mehr über die Hintergründe des Vorfalls als ihr Vater.

Daß Lord Craven schon immer darauf aus gewesen war, die Erfindungen ihres Vaters an sich zu bringen und zu vermarkten, war nicht neu für sie; er hatte oft genug darüber gesprochen. Aber daß er so weit gehen würde, ihn zu entführen, das hatten weder er noch sie jemals auch nur erwogen. Und doch war es nun Faktum.

Jetzt bekam sie Gewissensbisse. Sie hatte ihren Vater einfach den Entführern überlassen, ohne auch nur den Versuch zu unternehmen, ihm beizustehen. War das wirklich richtig gewesen?

*

Der Nebel kühlte unangenehm ihre schweißnasse Haut. Dennoch wartete sie, bis ihr Atem sich normalisiert hatte. Ihre Haare mußten

einen überaus desolaten Eindruck machen. Die Schuhe waren naß, da
sie unterwegs in eine Pfütze getreten war. Außerdem, fiel ihr ein, trug sie
noch ihr Hauskleid. Ein Mädchen sollte sich in diesem Aufzug nicht in
der Öffentlichkeit blicken lassen. Aber sie brauchte Informationen. Sie
überwand ihre Bedenken, löste sich aus dem Schatten der Toreinfahrt,
der ihr Deckung vor dem vorbeifahrenden Fuhrwerk geboten hatte, und
legte die letzten paar Schritte bis zum Pub zurück.

Als sie ‚The Duke of Ilchester' betrat, spürte sie, wie sich sofort aller
Gäste Blicke an sie hefteten; die eine Hälfte tatsächlich, die andere
Hälfte gefühlt. Sie biß die Zähne zusammen und trat an den Tresen.

„Kann es sein, Miss, daß Sie sich in der Tür geirrt...", begann der
Wirt, dann runzelte er die Stirn und kniff die Augen zusammen, indem
er sie erkannte: „Miss Torrington! Ihr Vater ist vor wenigen Minuten
gegangen. Sie müßten ihm auf der Straße begegnet sein."

In der Tat. Sie war ihm begegnet. Amber kämpfte die Tränen der
Verzweiflung nieder und bemühte sich, durch die zugeschnürte Kehle
hindurch noch ein paar verständliche Worte zu formulieren. „Mister
Elijah ... zwei Männer ... ich habe gesehen ... sie haben ihn in eine
Kutsche ... sie haben ihn entführt!"

„Nun bleiben Sie mal ruhig, Miss Torrington. Sir Finley hat mit zwei
Herren Billard gespielt, dann sind die beiden gegangen und er ist ihnen
wenig später gefolgt. Vielleicht hatten sie sich einfach verabredet, noch
irgendwo anders hinzufahren."

Hätte sie nicht Lord Craven auf dem Kutschbock erkannt, wäre sie fast
geneigt gewesen, den beruhigenden Worten Glauben zu schenken. Aber
ihr wurde klar, daß sie den Wirt von ihrer eigenen Sichtweise nicht
würde überzeugen können. Ebenso wenig übrigens wie die Polizei, falls
sie denn in Betracht gezogen hätte, sich mit dieser ihrer Geschichte der
Obrigkeit anzuvertrauen. Sollte sie, eine namenlose Halbwüchsige,
hingehen und einen Lord Craven beschuldigen, dessen Adelsgeschlecht
sich bis ins Jahr 1626 zum Earl of Craven in the Peerage of the Empire
zurückverfolgen ließ? Man würde sie bestenfalls hinauswerfen und
schlimmstenfalls gleich verhaften.

„Was für Herren denn?" zwang sie sich zu fragen.

Elijah lieferte ihr eine wenig hilfreiche Beschreibung, die leicht auf hundert Personen gepaßt hätte, aber nicht auf Lord Craven. Demnach war jener nicht persönlich in Erscheinung getreten. Das war naheliegend, machte die Sache aber nicht einfacher. „Sie waren die letzten Tage jeden Abend hier. Kommen Sie morgen gegen acht Uhr wieder, dann werden Sie sie vermutlich treffen. Aber bis dahin ist Sir Finley sicher wieder zu Hause.“

Die Einfalt des Wirts war kaum zu übertreffen. Jeden Abend waren sie also im ‚Duke of Ilchester‘ gewesen. Das hieß doch nur, daß sie Abend für Abend ihrem Vater aufgelauert hatten, bis er ihnen endlich in die Hände gefallen war. Sie würden gewiß nicht mehr wiederkommen, nicht morgen und nicht in zehn Jahren, sie hatten ihr Ziel ja erreicht.

Amber fühlte sich zu einem Abschiedsgruß nicht in der Lage, sie nickte nur stumm und ging. Hinaus in die Dunkelheit und in den Nebel, der ihren Vater verschlungen hatte. Draußen konnte sie ihre Tränen nicht mehr zurückhalten, sie lehnte die Stirn an eine Mauer und schluchzte hemmungslos.

3. Landluft

Sir Finley Torrington lauschte, da er nichts anderes tun konnte, auf das Fahrgeräusch des Wagens, in den man ihn zu steigen gezwungen hatte. Das Holpern über städtisches Kopfsteinpflaster wich nach einiger Zeit dem Knirschen von Sand auf einem unbefestigten Weg, das Widerhallen des Hufschlags von Gebäudefronten blieb aus. Demnach ging es aus der Stadt hinaus aufs Land.

Da er den Hintermann seiner Entführung nicht zu Gesicht bekommen hatte und auch nicht ahnte, daß Lord Craven seinerzeit auf dem Klavierabend bei Lady Lansdon etwas über seine Entwicklung eines Marconiphons herausgefunden hatte, war er, was den Zweck dieser Entführung betraf, völlig im Unklaren. Seine beiden Begleiter erwiesen sich auch nicht als sonderlich mitteilsam. Jedenfalls machten sie nicht den Eindruck, als ob diese Unternehmung von ihnen initiiert worden war, sie waren eher Ausführende. Daß sie auch auf wiederholtes Drängen hin keine Erklärung abgaben, sondern nur darauf verwiesen, er werde es zu gegebener Zeit erfahren, konnte bedeuten, daß man ihnen seitens des Auftraggebers Schweigen auferlegt hatte, oder aber daß sie schlicht nichts wußten. Schließlich gab er es auf.

Es mußte gegen Mitternacht sein, als das Geräusch, mit der die Räder eine Brücke überquerten, ihn aufschreckten. Der regelmäßige Trab der Kutschpferde mußte ihn, der angespannten Lage zu Trotz, eingeschläfert haben. Im trüben Licht der Laterne, die an der Kabinendecke hing und hin und her schwang, erkannte er, daß es seinen Begleitern nicht anders gegangen war. Sie dösten noch immer.

Dies mochte die Gelegenheit sein, auf die er gewartet hatte: die Tür aufreißen und abspringen, noch ehe Ashton und sein Kumpan darauf reagieren konnten. Mit dem Risiko freilich, sich dabei alle Knochen zu brechen. Außerdem mußte er dazu über die Beine von wenigstens einem der beiden hinwegsteigen, und es blieb mehr als fraglich, ob er den Betreffenden dabei nicht wecken würde. Er probierte es dennoch, erhob sich vorsichtig und balancierte an Ashtons Beinen vorbei, um den

Türgriff zu erreichen. Als er ihn drückte, spürte er einen Widerstand. Die Tür war verriegelt. Er hatte zwar nicht mitbekommen, wann das geschehen war, aber er mußte sich eingestehen, daß er von dem Überfall so schockiert gewesen war, daß ihm derlei Details entgangen sein mochten. Er setzte sich wieder hin.

Es blieb eine Möglichkeit. Eine letzte, verzweifelte, von der ihm nicht klar war, was sie ihm in seiner Lage bringen konnte. Immerhin trug er das Marconiphon in der Tasche. Wenn es ihm wenigstens gelang, Amber zu erreichen, dann konnte er ihr zumindest mitteilen, was ihm widerfahren war. Helfen würde sie ihm kaum können, aber wenigstens die Behörden einschalten.

Er überzeugte sich, daß seine Begleiter immer noch keine Regung von sich gaben, dann zog er leise das Ebenholzkästchen aus der Jackentasche. Leider würde es bei der Inbetriebnahme Geräusche machen, das lag in der Konstruktion begründet und ließ sich nicht vermeiden. Und leider war die Reichweite begrenzt; je nachdem, wie weit sie die Stadt schon hinter sich gelassen hatten, würde keine Verbindung mehr zustande kommen.

Er drehte den Schaltknebel. Es passierte nichts. Noch einmal drehte er zurück und wieder vor, aber das Kästchen gab keinerlei Reaktion von sich. Sir Finley wurde klar, daß er eine weitere Möglichkeit des Scheiterns übersehen hatte: die, daß das Marconiphon seinen Dienst verweigerte. Ausgerechnet jetzt, da es seine einzige und letzte Chance dargestellt hätte. Den Fluch sprach er nicht aus, dazu war er zu wohlerzogen; er dachte ihn nur. Dann steckte er das Kästchen resignierend wieder ein.

Etwa eine Viertelstunde später ging es erneut über eine Brücke, dann der Widerhall eines umbauten Platzes, das „Brr!" des Kutschers. Der Wagen hielt. Der Ruck weckte nun auch die beiden anderen. Sie blickten sichtlich gehetzt um sich und entspannten sich erst, als sie sich überzeugen konnten, daß ihr Gefangener immer noch an seinem Platz saß.

Der Wagen knarrte, als jemand vom Kutschbock stieg. Dann wurde die Tür geöffnet, und trotz der unzureichenden Beleuchtung erkannte Sir Finley den Mann, der da vor ihm stand; das Monokel wäre zur

Bestätigung der Identität nicht einmal nötig gewesen. „Willkommen auf meinem Landsitz, Sir Finley", schnarrte die wohlvertraute und verhaßte Stimme.

„Lord Craven! Was hat das zu bedeuten?"

„Ich bedaure außerordentlich, daß ich die Einladung, nun ja, etwas nachdrücklich ergehen lassen mußte. Ich weiß, daß Sie mich nicht gerade zu Ihren engeren Freunden zählen, und so hätten sie meinem Wunsch nach Ihrer Gesellschaft möglicherweise nicht entsprochen." Er wandte sich an die beiden Männer. „Mister Jayden, Mister Ashton. Wären Sie so freundlich, den Herrn ins Haus zu geleiten, damit er sich nicht womöglich in der Dunkelheit verirrt."

„Sie haben es gehört, Mister. Aussteigen!" bellte Ashton.

„Nehmen Sie Ihre Finger da weg. Ich kann alleine aussteigen."

„Crawford, Sie können den Wagen wegfahren und die Pferde ausspannen."

„Sehr wohl, Mylord."

Hinter Torrington rollte der Wagen weg. Es schien sich um einen Innenhof eines Gebäudekomplexes zu handeln, vermutlich Craven Manor. Im Licht der Laterne, die Ashton aus der Kabine mitgenommen hatte, wurde er in ein Haus geführt, das der schlichten, aber soliden Eingangstür nach zu urteilen nicht das Hauptgebäude sein konnte. Eine dicke Mauer, ein kühl und feucht riechender Flur, eine zweite Tür. Eine Treppe, schließlich eine weitere Tür, eine Kammer. Man hätte auch von einem Gefängnis sprechen können. „Ich bedaure, Sir Finley, Ihnen momentan kein luxuriöseres Logis anweisen zu können, aber das wird sich möglicherweise ändern, sobald wir uns handelseinig geworden sind."

„Was meinen Sie mit ‚handelseinig'?"

„Nun, da Sie so direkt fragen, will ich zur Sache kommen. Ich darf Sie also zunächst darum bitten, mir dieses Kästchen auszuhändigen, das Sie da in Ihrer Jackentasche mit sich tragen."

Torrington, der bis eben nicht geahnt hatte, daß Craven überhaupt von der Existenz des Gerätes wußte, fühlte, wie sein Herz für einen Takt aussetzte. „Was für ein Kästchen?“ versuchte er sich, wider bessere Erkenntnis, unwissend zu stellen.

„Tun Sie nicht so. Ich meine das Ding, durch das Sie mit abwesenden Personen sprechen können, so daß eine schlichte Köchin Sie sogar der Hexerei bezichtigt. Geben Sie es heraus, Sie haben keine Wahl.“

Torrington sah ein, daß er verloren hatte. Hätte er das Ding doch unterwegs aus dem Kutschfenster geworfen! Er griff in die Tasche und legte das Marconiphon in Cravens fordernd ausgestreckte Hand.

„Sehen Sie, mein Freund, Sie würden das doch nur wieder veröffentlichen und glauben, der Allgemeinheit einen Dienst damit zu erweisen. Dabei verstaubt es nur im Archiv der Annals of The Royal Society. Ich hingegen werde es vermarkten und damit wahrhaft den Fortschritt befördern. Wenn Sie nicht dumm sind, werden Sie mein Teilhaber, dann profitieren wir beide davon.“

„Mir war nie an Profit gelegen. Ich halte Profit für verwerflich.“

Craven wendete das Ebenholzkästchen mit den Messingbeschlägen in der Hand hin und her und betrachtete es aufmerksam. „Sind Sie etwa Anhänger dieses verwirrten Herrn Marx? Ich möchte mit Ihnen keine philosophische Diskussion über die Gesetze des Marktes beginnen, Sir Finley, daher nur soviel: Ich werde dieses hochinteressante Kunstwerk zum Patent anmelden. Sie können mir dabei helfen, Sie können es aber auch bleiben lassen. Glauben Sie mir, ich habe einige fähige Mechaniker in meinen Diensten, die dem Ding auch ohne Sie seine Geheimnisse entreißen werden. Bis zur Einreichung des Patentantrages werden Sie meine Gastfreundschaft genießen. Sollten Sie sich zur Zusammenarbeit entschlossen haben, so lassen Sie es mich wissen. Ansonsten gehaben Sie sich wohl.“ Er wandte sich zum Gehen.

„Sie sind ein Verbrecher, Craven! Ich hoffe, das Ding explodiert Ihnen bei der Untersuchung in den Händen!“

Seine Lordschaft schüttelte mißbilligend den Kopf. „Wir haben alle einen anstrengenden Tag hinter uns, Sir Finley, und bedürfen der Ruhe. Schlafen Sie drüber, und morgen bei Tageslicht sieht alles bestimmt ganz anders aus.“

Er schloß die Tür hinter sich und den beiden anderen, und Torrington
hörte, wie der Schlüssel gedreht und ein Riegel vorgelegt wurde. Sein
Stolz verbot es ihm, jetzt loszubrüllen und mit der Faust an die Tür zu
hämmern.

*

Irgendwann in der Nacht schloß Amber die Wohnung auf ohne sich
wirklich zu erinnern, wie sie hierher gelangt war. Sie zog die nassen
Schuhe aus. Ihr war kalt. In der Küche müßte noch Feuer im Herd
glimmen; wenn sie es entfachte, konnte sie sich daran wärmen.

Als sie das Licht aufdrehte, sah sie das umgedrehte Sieb auf dem
Tisch, unter dem noch immer die Spinne gefangen saß und inzwischen
in ihrer Hoffnungslosigkeit die Suche nach einem Ausweg aufgegeben
hatte. Sie bedauerte das Tier, hob das Sieb hoch und entließ es in die
Freiheit. Die Spinne suchte eilig das Weite und verschwand in einer
Fußbodenritze. Amber stellte sich vor, wie Lord Craven jetzt ihren Vater
in womöglich ähnlicher Weise in ein Gefängnis gesperrt hatte, aus dem
es kein Entrinnen gab.

Sie legte ein paar Holzscheite in die Glut und stellte einen Kessel mit
Teewasser auf die Herdplatte. Ihr war nicht nach Tee zumute, aber er
würde ihr gut tun. Es dauerte eine Weile, ehe das Wasser zu sieden
begann, so daß sie sich inzwischen umkleiden konnte. Wobei sie sich
nicht zwischen Straßenkleid und Nachtwäsche entscheiden konnte.
Wohin sollte sie mitten in der Nacht gehen? Aber nach alledem konnte
sie sich doch auch nicht einfach ins Bett legen. Am Ende nahm sie
schließlich doch das Nachthemd.

Dann saß sie schließlich vor dem Tee, die Ellenbogen auf der
Tischplatte und das Gesicht in die Hände gestützt. Lieber Gott, dachte
sie, in der Apostelgeschichte steht, wie du Petrus einen Engel geschickt
hast, um ihn aus dem Gefängnis zu befreien. Bitte, schick meinem Vater
auch einen, der ihn da rausholt.

Aber sie war rational genug erzogen um zu wissen, daß es so nicht
funktionierte. Wir sind Gottes Hände, hatte der Priester neulich gesagt.
Sie hatte die Bedeutung dieser Worte nicht verstanden, aber jetzt auf
einmal erschien es ihr klar, was von ihr erwartet wurde. Wem, wenn

nicht zweifellos ihr, fiel die Aufgabe zu, Sir Finley, Ihren Vater, aus den Händen Lord Cravens zu befreien? Aber dazu mußte sie ausgeschlafen und im Vollbesitz ihrer Kräfte sein.

Mit diesem Gedanken gelang es ihr, endlich ins Bett zu gehen und zu schlafen.

Als sie am nächsten Morgen erwachte, war sie nicht sicher, ob sie das alles nur geträumt hatte. Zaghaft rief sie nach ihrem Vater, sah in sein Zimmer, in seine Werkstatt, aber er war wirklich weg. Nein, kein Traum.

Die Schuhe hatten in der Nacht am Ofen gestanden, sie waren noch etwas feucht, aber man konnte sie wieder anziehen. Zum Frühstücken hatte sie ohnehin keine Ruhe, also machte sie sich zügig auf den Weg zu ihrem ersten Ziel.

Die Bibliothekarin wunderte sich nur wenig über das Interesse des jungen Mädchens am Hochadel. Da war sie nicht das erste junge Ding aus einfachen Verhältnissen, das ein wenig von der Luft der erlauchten Gesellschaft schnuppern wollte, indem es deren Geschichte studierte. „Allgemein oder ein bestimmtes Adelshaus?"

"Das Haus des Earl of Craven."

„Da fangen Sie am besten mit diesem an." Die Bibliothekarin, eine im Dienste ergraute Dame mit runden Brillengläsern und spitzer Nase, legte ihr ein Werk im Ledereinband vor, das eine Chronik des besagten Adelsgeschlechtes enthielt.

Amber Torrington verbrachte den Vormittag damit, sich über den Werdegang der Cravens zu informieren, wobei sie mit einem Bleistift auf einem Kanzleibogen etliche Notizen machte. Schließlich gab sie den Band zurück und fragte nach einer Landkarte der umliegenden Grafschaften.

„Wollen Sie denen von Craven einen Besuch abstatten?" fragte die Bibliothekarin, als sie ihr das gewünschte Kartenwerk vorlegte.

„Ich wollte mich in ihre Dienste bewerben", erklärte Amber.

„Das ist aber ungewöhnlich, daß sich zukünftige Dienstboten vorab so ausführlich mit der Geschichte ihrer Dienstherrschaft beschäftigen." Amber durchfuhr ein Schrecken, weil sie sich durchschaut glaubte, aber die Herrin der Bücher blinzelte sie gutmütig durch ihre Brille hindurch an. „Ungewöhnlich, aber höchst lobenswert", bekräftigte sie. „Deswegen will ich Ihnen gern einen Tip geben: Vor wenigen Tagen war eine Annonce im Daily Chronicle, in der ein Küchenmädchen gesucht wurde. Wenn ich mich recht entsinne, handelte es sich um eine der Besitzungen des derzeitigen Lord Craven."

„Oh", machte Amber. „Haben Sie die Ausgabe vielleicht noch?"

„Natürlich, mein Kind. Wir archivieren sie schließlich."

„Wenn Sie so nett wären...?"

Die jüngsten Ausgaben des Chronicle lagen noch lose, da man sie erst als Jahrgang zum Binden geben würde. Die Weißhaarige blätterte ein paar Zeitungen durch, bis sie schließlich eine Annoncenseite aufschlug. „Hier war es."

Amber betrachtete das Inserat und verglich die Angaben mit ihren Notizen und der Landkarte. Tatsächlich. Die angegebene Adresse lag keine zwanzig Meilen außerhalb der Stadt. Ein paar Stationen weit könnte sie, um dorthin zu gelangen, mit der North & Metropolitan District Railway bis Dalston Junction fahren; das lag im Bereich, wo sie oberirdisch verkehrte. Dann blieb ein Rest von vielleicht fünf Meilen, den sie würde zu Fuß zurücklegen müssen. Sie bedankte sich für die Mühe und notierte sich die Details.

„Aber das Inserat ist schon drei Tage alt. Sie müssen damit rechnen, daß die Stelle schon vergeben ist."

„Ich weiß. Trotzdem herzlichen Dank."

*

Die Zeit drängte offenbar, aber sie machte sich die Mühe, das Haus soweit zu versorgen, daß sie ihm für ein paar Tage den Rücken kehren konnte. Ihre wallende Haarpracht bändigte sie, indem sie sie zu einem Kranz flocht, den sie sich um den Kopf legte. Es würde sich wohl nicht vermeiden lassen, Lord Craven persönlich zu begegnen. Sie hatte ihn einmal getroffen, da mußte sie etwa zehn gewesen sein. Sie erinnerte sich, weil das Monokel und die dazugehörige Geschichte sie sehr beeindruckt hatten, Craven würde sie heute vermutlich nicht mehr erkennen, aber es erschien ihr sicherer, sich selbst ein wenig unähnlicher zu werden.

Amber wählte ein betont schlichtes Kleid mit einem etwas aus der Mode gekommenen Muster, das sie seit einem Jahr nicht mehr getragen hatte. Daß sie mittlerweile in der Länge ein wenig herausgewachsen war, konnte dem Eindruck nur förderlich sein, den sie auf ihre in Aussicht genommene Dienstherrschaft zu machen gedachte. Etwas ärmlich, etwas naiv. Entsprechend sparsam fiel ihr Reisegepäck aus, eine Tasche mit etwas Wäsche und Hygieneartikeln, einem Stück Kernseife, einer Bürste und Schlämmkreide für die Zahnpflege.

Die Zugfahrt verbrachte sie damit, sich ihre Legende zurechtzulegen, mit der sie sich vorzustellen gedachte; einen unverfänglichen Namen und eine plausible Vorgeschichte. Nur einmal wurde sie dabei unterbrochen, als direkt neben ihr etwas gegen das Fenster des Abteils knallte. Sie blickte erschrocken auf und sah etwas Schwarzes sich überschlagend davon taumeln. Ein Vogel war gegen die Scheibe geprallt und hatte sich dabei vermutlich das Genick gebrochen. Ein tiefes Bedauern überkam sie, und ein Gefühl von Schuld. Vögel waren ein Teil der Schöpfung. Die Eisenbahn hingegen war Menschenwerk; in die Natur hineingebaut als etwas, das viel zu schnell war für den Verstand eines Vogels. Und sie, Amber, benutzte dieses Verkehrsmittel und machte sich so, obwohl Vegetarierin, mitschuldig am Tod dieses Tieres. Die Erbsünde, dachte sie. Der Fluch, der auf uns liegt seit dem Verlust des Paradieses. In dieser sündigen Welt war es nicht möglich, ohne Sünde zu leben.

Der keuchende Atem der Lokomotive flachte ab, dann ging er in ein Zischen über, die Bremsen kreischten, und mit einem Ruck blieb der Zug schließlich stehen.

„Dalston Junction! Hier ist Dalston Junction! Endstation, bitte alles aussteigen!“

Amber Torrington ergriff ihre Tasche, stieg die Stufen des Waggons hinab und stand auf dem Bahnsteig. Sie war noch nie in Dalston Junction gewesen, und sie hatte wohl auch nichts verpaßt; sehr einladend sah es nicht aus. Die Fensterläden der Bahnhofswirtschaft waren geschlossen. Der Himmel zeigte sich noch immer trübe, aber zumindest regnete es nicht. Während die mit ihr ausgestiegenen Fahrgäste durch die Sperre hinausstrebten und sich rasch verliefen, während die Reisenden, die auf den Zug gewartet hatten, nunmehr ihr Gepäck ergriffen um einzusteigen, blieb Amber auf dem Bahnsteig stehen und entfaltete ihren Notizzettel, um sich über die Richtung klar zu werden, in die sie nun zu gehen hatte. Fünf Meilen. Das waren zwei Stunden Fußmarsch, schätzte sie.

„Kann ich Ihnen helfen, Miss?"

Sie blickte von ihrem Zettel auf. Der sie angesprochen hatte, war ein junger Mann mit einer Arbeiterjacke, einem karierten Schal und einer Ballonmütze. Sein Gesicht zeigte Ansätze von Bartflaum, ein Grinsen, das ein wenig spöttisch, vor allem aber wahnsinnig sympathisch aussah, und außerdem ein Paar wundervoller wasserblauer Augen.

Amber spürte, wie sie rot wurde. Was sollte das jetzt? „Ich..." Fehlte noch, daß es ihr jetzt die Sprache verschlug, nur weil dieser Bursche so grinste. Dann kämpfte sie die Verwirrung nieder und faßte sich. „Ich wollte nach Craven Manor. Im Chronicle war eine Anzeige, daß sie ein Dienstmädchen suchen, da wollte ich mich bewerben", sagte sie ihre Legende auf.

„Welch ein Zufall. Dahin will ich auch. War nur hier, um die Post von der Bahn abzuholen."

Jetzt erst bemerkte sie die Ledertasche, die er sich umgehängt hatte, und auf die er nun wie zur Erklärung mit der flachen Hand klopfte.

„Schön. Dann können Sie mir sicher sagen, in welcher Richtung das liegt. Da vorne links oder rechts?"

„Links. Sind aber zwei Stunden Wegs, wenn du zu Fuß gehst. Ich könnte dich mitnehmen."

„Jetzt duzt du mich schon, und wir haben uns nicht einmal einander vorgestellt", stellte sie mit nur teilweise gespielter Entrüstung fest.

„Kann man nachholen. Ich bin Edward. Hallo." Er streckte ihr die Hand hin.

„Hallo. Ich heiße Amber." Zögernd ergriff sie seine dargebotene Rechte.

„Na dann. Komm mit mir, und es dauert nur zwanzig Minuten."

Gemeinsam durchschritten sie die Sperre. Amber warf ihren Fahrschein in den dafür vorgesehenen Kasten. „Du hast einen Wagen?"

Er schob seine Mütze zurecht. „Nicht ganz. Nur ein Fahrrad."

„Und wie willst du mich da mitnehmen?"

„Na, wie? Auf dem Gepäckträger."

Amber riß die Augen auf und blieb stehen. „Auf dem Gepäckträger?"

„Natürlich. Sag bloß, du bist noch nie auf dem Gepäckträger gefahren."

„Ehrlich gesagt, nein."

„Dann wirst du es jetzt lernen." Er nahm das an der Wand abgestellte Rad und stieg mit einem Bein darüber. „Setz dich da drauf, die Beine an der Seite runter, aber rechts, sonst kommt dein Kleid in die Kette. Und dann halt dich an mir fest."

Ja, das hatte sie befürchtet. Sie rang mit sich, ob sie nicht doch lieber die zwei Stunden Fußweg in Kauf nehmen sollte. Edward bemerkte ihr Zögern. „Ist was? Gehörst du zu den Mädchen, die vor allem Angst haben?"

„Ich habe keine Angst. Nicht vor Mäusen, nicht vor Spinnen, und auch nicht vor Fahrrädern." Höchstens vor Jungen mit blauen Augen, fügte sie in Gedanken hinzu.

Er grinste schon wieder. „Na, dann kann's ja losgehen."

Entschlossen schob sie sich auf den Gepäckträger und schlang ihre Arme um Edwards Brust. Was würde ihr Vater sagen, wenn er das hier sehen könnte? Aber gerade ihres Vaters wegen war sie schließlich...

„Greif etwas tiefer, sonst kann ich nicht lenken. Ja, so ist gut."

*

Nachdem Lord Craven Sir Finley in der Kammer mit sich allein gelassen und die Lampe mitgenommen hatte, fand dieser sich in einer derart absoluten Dunkelheit wieder, wie er sie seit seiner Kindheit nicht mehr erlebt hatte. Damals, auf dem Land, ohne nächtliche Beleuchtung, konnte es, zumal wenn dichte Wolken den Mond und die Sterne verhängten, richtig stockfinster werden. Das Erlebnis dieser Blindheit, trotz weit aufgerissener Augen, hatte den jungen Finley gleichermaßen geängstigt wie fasziniert. Jetzt mußte er feststellen, daß sich daran nichts geändert hatte. In der lichterfüllten Großstadt hatte er es nur seitdem nie wieder erlebt.

Mit einem Gefühl der Gänsehaut ertastete er sich seine Umgebung. Es half, dabei die nutzlosen Augen zu schließen, die in geöffnetem Zustand doch nur nach einem Sinnenreiz gierten, der ihnen gleichwohl vorenthalten wurde. Es gab ein hartes Bett mit einem Strohsack, es gab einen kleinen Tisch und einen Stuhl davor. Auf dem Tisch gab es eine Schüssel, wohl eine Waschschüssel, aber ohne Wasser. Mit dem Fuß stieß er schließlich an einen Gegenstand, der sich dann als ein Nachtgeschirr erwies; erfreulicherweise übrigens ebenfalls in leerem Zustand. Daß es kein Waschwasser und keinen Bettbezug gab, ließ vermuten, daß dieser Raum für den Aufenthalt eines Gastes nicht vorbereitet worden war. Wollte Lord Craven damit ihm gegenüber seine Geringschätzung ausdrücken?

Tatsache war, daß Torringtons Entführung ursprünglich in den Plänen des Lords gar keinen Raum gehabt hatte, so daß er bei der Ankunft auf Craven Manor einfach hatte improvisieren müssen und er so seinen Gefangenen kurzerhand in den Turm gesperrt hatte, weil ihm nichts besseres eingefallen war.

Auf seiner weiteren Erkundung, auf der er die Wände abtastete, fand er schließlich, der Tür gegenüber, in der Wand eine Öffnung, die ein Fenster darstellen mußte. Hier öffnete er nun doch die Augen, und da diese sich mittlerweile an die Dunkelheit gewöhnt und zu höchster Empfindlichkeit gefunden hatten, bemerkte er einen Lichtschein aus einem Fenster eines anderen Gebäudes, auf das er, wie es schien, aus großer Höhe hinabblickte. Der Eindruck auf dem Weg hierher hatte also nicht getrogen, er befand sich in einem Turm.

Weitere Erkenntnisse würde er in dieser Nacht nicht mehr gewinnen, und müde war er bereits auf der Fahrt gewesen. Trotz seiner nicht geringen Wut auf Craven, die er momentan aber keinem sinnvollen Ziel zuführen konnte, legte er sich auf den Strohsack und schlief alsbald ein. Bei Licht, in diesem Punkte mußte er seinem Gegenspieler durchaus zustimmen, würde alles ganz anders aussehen.

*

Drüben im Herrenhaus hatte Lord Craven inzwischen begonnen, die photographischen Platten zu entwickeln, welche ihm, obwohl er nun das Original in den Händen hielt, durchaus nicht nutzlos erschienen.

Das Öffnen des Mechanismus hatte enthüllt, daß die Funktion des Gerätes zumindest teilweise auf dem Wirken galvanischer Ströme beruhte. Nun hatte er in Jayden zwar einen begnadeten Mechaniker für seine Zwecke dingen können, aber der Uhrmacher war, wie sich gezeigt hatte, absolut kein Spezialist auf dem Gebiet der electrischen Fluida. Ashton war in dieser Beziehung leider überhaupt keine Hilfe. Er war der Mann fürs Grobe, der leidlich Billard spielte und mit einem Revolver umgehen konnte, er hatte seinen Part auch zur Zufriedenheit absolviert und war nun eigentlich überflüssig. Da aber auch Lord Craven nicht vorauszusehen vermochte, was die Zukunft brachte, erschien es ihm nützlich, den Mann noch für eine Weile in seiner Nähe zu behalten.

Glücklicherweise gehörte zum Kreise der Lord Craven Ergebenen auch Ethan Bathurst, ein Privatdozent für Naturphilosophie, welcher seit Langem der Spielsucht verfallen war, so daß es Craven leicht gelungen war, ihn durch ein paar großzügige Kredite an sich zu binden. Diesem würde er durch einen Kurier die Aufnahmen senden und ihn um eine Expertise bitten. Er hatte also gegenüber Sir Finley durchaus nicht geblufft, als er behauptet hatte, die Funktion des Gerätes zur Not auch ohne dessen Mithilfe analysieren zu können.

Am nächsten Morgen, wegen der nächtlichen Arbeit in der Dunkelkammer wenig ausgeschlafen, sah Lord Craven ein, daß er sich nun wohl oder übel um die Bequemlichkeit seines ... Gastes kümmern mußte. Im Turm war Torrington schon ganz gut untergebracht, aber er konnte ihn weder verhungern lassen noch ihm eine angemessene Bettstatt und eine Waschmöglichkeit vorenthalten. Andererseits hielt er es für ratsam, seine Dienerschaft nicht in die besonderen Umstände einzuweihen. Was das Geschwätz der Bediensteten zu bewirken vermochte, hatte er ja jüngst im Hause Lansdon erlebt, wo ihm diese Redseligkeit des Butlers überhaupt erst Kenntnis von Torringtons Erfindung verschafft hatte. Schlimm genug, daß er dem Kutscher eine abstruse Begründung für die nächtliche Fahrt hatte geben müssen, ehe dieser von sich aus über den Zweck der Unternehmung nachzusinnen begann.

So mußte er, gegen dessen ausdrücklichen Protest gegen diese Art von Tätigkeit, abermals die Dienste Ashtons in Anspruch nehmen, wenn er nicht so weit herabsteigen wollte, daß er Torrington persönlich das Essen brachte.

*

Das Tageslicht, das durch das kleine Fenster drang, reichte mit Mühe aus, das Logis Torringtons notdürftig zu erhellen, zumal der Himmel verhangen blieb und sich keine Sonne zeigte. Er hatte der leeren Waschschüssel einen grimmigen Blick geschenkt und war dann ans Fenster getreten um zu sehen, wie das Anwesen sich bei Tage ausnahm. Die Mauer war zu dick, als daß es ihm möglich gewesen wäre, sich etwa hinauszulehnen oder wenigstens den Kopf hinauszustrecken. Er scheiterte mit seiner Schulterbreite an der gemauerten Umfassung der Öffnung. So konnte er sich nur recken und versuchen, durch Veränderung des Blickwinkels einige Einzelheiten wahrzunehmen.

Wie vermutet, gab es einen Innenhof, der von Wohn- und Wirtschaftsgebäuden umgeben war. Vom Boden des Hofes erhaschte sein Blick nur einen kleinen Ausschnitt auf der dem Turm gegenüber gelegenen Seite. Eine Magd mit einem Wäschekorb durchquerte sein Gesichtsfeld, dann ein Stallbursche, der zwei Pferde führte. Geräusche von Hufschlag, klappernden Eimern, einer Holzsäge drangen an sein Ohr. Von hier oben womöglich um Hilfe rufen zu wollen, war vermutlich illusorisch. Bei dem Lärm würde man ihn nicht hören, außerdem vermochte er kaum die Loyalität der Dienerschaft gegenüber Lord Craven einzuschätzen. Vielleicht standen sie geschlossen hinter ihm und würden seiner Hilferufe lachen.

Der Riegel an der Tür wurde entfernt, die Tür aufgeschlossen. Lord Craven in Begleitung des liebenswürdigen Mister Ashton trat ein. „Guten Morgen, Sir Finley. Ich wünsche wohl geruht zu haben."

Craven selbst sah aus, als habe er schlechter geschlafen als Torrington. Sein Gesicht wies Spuren von Übernächtigung auf. „Fast wie im Himmel", erklärte Sir Finley sarkastisch und wies auf den Strohsack.

„Nun, Mister Ashton hat Anweisung erhalten, für Ihre Bequemlichkeit zu sorgen. Wenn Sie etwas brauchen, wenden Sie sich vertrauensvoll an ihn. Vorerst sollten Sie erst einmal frühstücken." Er wandte sich an Ashton. „Bringen Sie die Sachen herein."

Ashton trat einen Schritt hinaus, wo man offenbar auf der Treppe einige Sachen abgestellt hatte. Er brachte ein Tablett mit Teegeschirr und einer Schüssel, deren Inhalt nach Porridge aussah, dem unbestrittenen Höhepunkt der hiesigen Haute Cuisine. „Ham and Egg würden Sie als Körnerfresser ja ablehnen", stellte Craven süffisant fest.

„Danke, daß Sie mir keine Tüte Vogelfutter gebracht haben."

„Immer einen Scherz auf den Lippen, wie?"

Inzwischen hatte Ashton einen Krug mit Wasser und eine Garnitur linnene Bettwäsche hereingebracht, so daß Craven hinzufügen konnte: „Wie Sie sehen, ist es mir an Ihrer Bequemlichkeit sehr gelegen. Ich möchte Sie auch nicht länger in dieser Kammer einsperren."

„Ach. Warum lassen Sie mir dann Bettzeug hierher bringen?"

„Das haben Sie falsch verstanden. Sie logieren weiterhin hier. Aber ich werde Sie nicht einschließen, das wäre unwürdig. Als Gentleman werden Sie die so gewonnene Freiheit sicherlich nicht für einen übrigens völlig nutzlosen Fluchtversuch ausnutzen. Wenn Sie körperliche Ertüchtigung suchen: es sind einhundertachtundzwanzig Stufen von ganz unten bis ganz oben. Das sollte für Ihre Ansprüche ausreichen. Den Turm dürfen Sie natürlich nicht verlassen. Den Schlüssel habe ich Mister Ashton zur sicheren Verwahrung gegeben. Aber ansonsten dürfen Sie sich frei bewegen. Im unteren Bereich steht ein Abtritt zu Ihrer Verfügung. - Haben Sie übrigens schon über die Möglichkeit eines Kooperationsvertrages im Hinblick auf Ihre Erfindung nachgedacht?"

„Legen Sie den Vertrag unten neben den Abtritt, und ich werde ihn einer geeigneten Verwendung zuzuführen wissen.“

Cravens bisher sehr liebenswürdige Stimme nahm angesichts dieser Brüskierung nun doch erkennbar Schärfe an: „Sie verkennen die Situation, Torrington. Ich mache es mit Ihnen - oder ich mache es ohne Sie. Und Sie scheinen es darauf anzulegen, mir die zweite Möglichkeit sympathischer zu machen als die erste. Kommen Sie, Mister Ashton.“

Torrington sah seinen Besuchern nach. Craven hielt immerhin Wort, man hörte weder den Schlüssel noch den Riegel. Die steinerne Treppe war massiv genug, die Schritte der beiden Männer nach wenigen Stufen zu verschlucken.

Er wandte sich dem Tisch zu und beschloß zu frühstücken, ehe der Tee kalt wurde.

*

Wider Erwarten hatte Amber die ungewohnte Form des Reisens auf einem Fahrradgepäckträger unbeschadet überstanden. Edward ließ sie absteigen, wies sie an zu warten, bis er das Rad in den Stall zu den anderen Reittieren gebracht hatte, und gesellte sich dann alsbald wieder zu ihr, die etwas verloren auf dem Hof des Anwesens um sich blickte. „Ich bringe dich zum Verwalter, Mister Blake.“

Sie nahm diese Auskunft mit Erleichterung zur Kenntnis, bedeutete sie doch, daß sie sich nicht unmittelbar mit Lord Craven würde auseinandersetzen müssen.

Edward faßte sie sanft am Arm und zog sie mit sich auf das Hauptgebäude zu. Das von Säulen flankierte Portal mit der Treppe mied er allerdings und wählte einen Seiteneingang. Vor der Tür des Verwalters blieb er stehen und hielt Amber zurück.

„Wir müssen warten. Es ist jemand bei ihm.“

Tatsächlich waren von drinnen Stimmen zu hören, aber Amber verstand nicht, was gesprochen wurde. Es war ohnehin nicht ihre Art, an Türen zu horchen - oder zumindest nicht mehr ihre Art, als Kind hatte sie sich dazu durchaus hinreißen lassen. Allerdings ging es hier nicht um

Höflichkeit; sie folgte der Spur ihres Vaters, und jede Information hätte nützlich sein können, selbst solche, die man an einer Tür erlauschte.

Nach einer Weile ging besagte Tür auf, heraus trat ein Mann mit Zylinderhut und livrierter Jacke, der wohl Cravens Kutscher war. Allerdings hatte sie von ihm in der Nacht nur einen dunklen Umriß auf dem Bock gesehen und würde ihn nicht wiedererkennen.

Edward jedenfalls nutzte die Gelegenheit, durch die Tür zu schlüpfen. „Mister Blake, hier ist Ihre Post. Und eine junge Dame, die mit Ihnen sprechen möchte.“

„Und was hast du mit jungen Damen zu schaffen, Edward?“

„Ich traf Sie am Bahnhof und hab ihr den Weg gezeigt.“ Den Weg gezeigt war eine in der Tat eigenwillige - wenn auch nicht völlig falsche - Beschreibung dessen, was er tatsächlich getan hatte, kam es Amber in den Sinn; aber sie riß sich zusammen und konzentrierte sich auf ihren Auftritt.

„Soso. Dann schick sie rein“, hörte sie den Majordomus befehlen.

Edward winkte ihr durch die halb geöffnete Tür, und sie trat ein. Blake war ein breitschultriger Mensch mit weitgehend kahlem Schädel, aber einem gewaltigen, von Bartwichse glänzenden Schnurrbart. Er trug eine Jacke mit an den Ellenbogen aufgesetzten Lederflicken. Sein Blick stach unter buschigen Augenbrauen hervor und sezierte die Eintretende bis ins Mark.

Da er nichts sagte, war es wohl an ihr, zu beginnen. Sie produzierte einen artigen Knicks. „Guten Tag, Sir. Ich bin wegen Ihrer Annonce gekommen, um mich um eine Stelle zu bewerben.“

Blake legte den Kopf etwas schräg. „Hast du einen Namen?“

„Amber.“

„Und weiter?“

„Belmullet, Sir.“ Sie hatte immerhin die Zugfahrt über darüber nachgedacht, welchen Namen sie angeben konnte und war schließlich auf den einer abgelegenen Ortschaft verfallen, von der sie irgendwann einmal gehört hatte und deren Name sich, warum auch immer, in ihrem Gedächtnis festgesetzt hatte.

„Amber Belmullet also. Schön. Hast du Referenzen?"

Das traf sie überraschend. Natürlich hatte sie keine. Und wenn sie welche gehabt hätte, so hätte auf einem Empfehlungsschreiben bestenfalls der Namen Amber Torrington gestanden, den sie hier nicht nennen konnte. Aber schließlich mußte jeder einmal anfangen, und wenn sie noch nie in irgendjemandes Diensten gestanden hatte, konnte sie schlecht Referenzen vorweisen. Eben war sie im Begriffe, dies dem Verwalter zu erklären, da sprang völlig unerwartet Edward für sie ein.

„Sie stand in Diensten von Lady Culdrose. Sie hat da in der Küche gearbeitet. Aber Lady Culdrose ist ja so plötzlich gestorben, daß sie ihr kein Empfehlungsschreiben mehr machen konnte."

„Woher weißt du das, Edward? Kann sie nicht selber reden?"

„Sir, Sie hat's mir auf dem Weg erzählt. Und ich dachte, sie ist jetzt vielleicht zu verwirrt, um es selbst zu sagen."

„Das ist sehr ritterlich von dir, Edward, daß du so für die Belange der jungen Dame eintrittst, aber ich finde, es ist jetzt an der Zeit, daß du dich derjenigen Aufgaben entsinnst, für die du bezahlt wirst." Blake erhob die Stimme. „Also raus mit dir!"

„Sofort, Mister Blake." Edward verschwand fluchtartig.

Der Verwalter wandte sich wieder Amber zu. „In der Küche können wir in der Tat jemanden brauchen. Es waren vor dir schon zwei hier, aber die sahen aus wie kleine Prinzessinnen, die sich die Hände nicht schmutzig machen mögen. Ich frage mich, warum sie sich dann überhaupt bewerben."

Vielleicht war Ihre Annonce nicht eindeutig im Hinblick auf die erwartete Spezifikation, lag Amber auf der Zunge, aber sie besann sich beizeiten, daß sie sich vorgenommen hatte, einen naiven Eindruck zu machen. „Ich weiß es nicht, Sir. Ich wasche mir die Hände nach der Arbeit."

Blake schmunzelte angesichts dieser Antwort, wobei sein Schnurrbart sich abenteuerlich sträubte. „So will ich das hören. Ich denke, wir versuchen es mit dir. Acht Schilling die Woche, Kost und Logis frei."

„Das ist sehr großzügig, Sir." Sie unterstrich ihre Worte mit einem weiteren Knicks und einem devoten Lächeln.

„Hör auf, Kniebeugen zu machen. Was hat dir Lady Culdrose denn bezahlt?"

Die Rechenaufgabe löste sie im Kopf. Acht durch sieben mal dreißig gleich vierunddreißig und ein bißchen im Monat, also ein Pfund und vierzehn Schilling. „Nur zwei Pfund im Monat, Sir. Allerdings am Sonntagvormittag frei für den Kirchgang."

Damit hatte sie hoffentlich unter Beweis gestellt, daß sie auch nicht rechnen konnte. Was zur erwarteten Spezifikation einer Küchenhilfe sicherlich auch nicht gehörte.

„Schön, wenn du es so siehst." Mister Blake schien sich zu amüsieren. „Aber über frei reden wir nach der Probezeit. Jetzt will ich dich erstmal arbeiten sehen. Ich bringe dich rüber zu Harriet, die zeigt dir alles andere."

„Vielen Dank, Sir." Weisungsgemäß verzichtete sie diesmal auf den Knicks.

Später am Nachmittag, sie hatte inzwischen ihre wenigen Habseligkeiten in der ihr zugewiesenen Kammer abstellen können und in der Küche eine erste Probe ihrer Fähigkeiten im Gemüseputzen geliefert, traf sie auf dem Hof wieder mit Edward zusammen.

„Na? Du hast die Stelle bekommen, wie ich sehe. Meinen Glückwunsch."

„Daran hast du durchaus Anteil. Die Geschichte mit Lady Culdrose ist dir ja leicht über die Lippen gekommen."

„Geschichten sind ein Teil des Überlebens. Außerdem mußte ich dir zuvorkommen. Ich wußte ja, daß Blake jemand für die Küche sucht. Wenn du nun womöglich gesagt hättest, deine Spezialität ist Gesang und Saitenspiel..."

„Das mit der Küche war nicht nötig. Das wußte ich schon. Es stand in der Annonce, daß sie eine Küchenhilfe suchen. Aber trotzdem vielen Dank."

Gesang und Saitenspiel. Wie war er denn darauf gekommen? Sah sie etwa so aus?

„Oh, gern geschehen. Kannst dich ja mal revanchieren." Er grinste.

Wenn er grinste, sah er immer unwiderstehlich aus.

4. Wölfe

Der Tag ging zuende, ohne daß Amber eine Spur ihres Vaters ausgemacht hätte. Allerdings hatte sie sich von Anfang an vorgenommen gehabt, ihre Ungeduld zu bezähmen, um nicht durch Voreiligkeit womöglich Fehler zu begehen. *Ein Geduldiger ist besser als ein Starker,* hieß es doch in den Sprüchen Salomos.

Als sie sich zu Bett begeben wollte, wohl wissend, daß die Nacht bei der Tätigkeit, die sie angenommen hatte, kurz sein würde, fand sie ein Sträußchen getrockneten Lavendels auf ihrem Leintuch, das, als sie es anhob, sein angenehmes Aroma verströmte. Kaum anzunehmen, daß es Harriet oder Blake als Willkommensgruß hier deponiert hatten. Wer also sonst? Womöglich Edward? Der Gedanke ließ sie erröten. Aber sie konnte ihn schlecht am nächsten Tag zur Rede stellen; wenn er es nicht gewesen war, gab sie sich die Blöße, daß sie zumindest dabei an ihn gedachte hatte.

Am nächsten Morgen sah sie sich allerdings vor eine ganz andere Herausforderung gestellt. Den Herd zu versorgen und den großen Topf mit Wasser aufzusetzen, hatte Harriet sie angewiesen. Kein Problem. Aber dann kam die Köchin zurück, in jeder Hand ein weißes Federbündel, die sich bei näherem Hinsehen als zwei Hühner herausstellten. Tote Hühner. Soeben frisch geschlachtete Hühner. Harriet warf die Körper der Vögel auf einen Tisch. „Amber, als nächstes kannst du die Hühner rupfen!"

Amber schluckte trocken und bemühte sich, weder die Hühner noch die Köchin anzusehen. Nein! Wenn sie etwas nicht konnte, dann diese Hühner rupfen. Ihr Vater war überzeugter Vegetarier, und er hatte sie selbstverständlich im gleichen Geiste erzogen. Sie konnte nicht einmal eine Spinne erschlagen, so tief saß die Ehrfurcht vor allem Lebendigen in ihr verwurzelt. Und jetzt ... Sie sind schon tot, sagte sie sich, du sollst sie ja nur noch rupfen.

Sie hatte noch nie ein Huhn gerupft. Natürlich nicht. Theoretisch war ihr schon klar, daß sie jetzt nur noch die Federn aus der Haut ziehen mußte. Praktisch sträubte sich alles in ihr.

„Steh nicht rum und halt Maulaffen feil!" herrschte Harriet sie an. „Worauf wartest du? Daß die Federn von selbst rausfallen?"

Unter Aufbietung aller Willenskraft griff sie die gefiederten Büschel. Es fühlte sich widerlich an. Die Körper waren noch warm. Aus den durchgeschnittenen Kehlen tropfte Blut.

„Und geh damit raus, ich will die Schweinerei nicht in der Küche!"

Sie ging, nein, sie rannte. Kaum vor der Tür, hätte sie die beiden Kadaver am liebsten in hohem Bogen von sich geworfen. Um es nicht mit ansehen zu müssen, kniff sie die Augen zusammen - und übersah prompt, wen sie da fast umrannte. Sie stieß mit ihm beinahe zusammen. „Edward!"

„Hey, nicht so stürmisch, Amber." Er stockte. „Amber? Alles in Ordnung?"

Sie konnte sich nicht mehr zurückhalten. Die Hände mit den Hühnern anklagend weit vorgestreckt, schrie sie: „Gar nichts ist in Ordnung!"

Dann fiel ihr ein, daß Harriet sie hören würde, und sie versuchte ihre Stimme zu dämpfen. Aber in der momentanen Verfassung konnte sie, wenn sie nicht schreien durfte, nur noch schluchzen. „Edward..."

„Was denn?"

„Ich ... soll diese ... Hühner rupfen. Aber ... ich kann nicht."

„Ach so." Es schien ihn wahrhaftig zu erleichtern, daß es keine schlimmere Botschaft war. „Na komm, ich hab grad nichts zu tun, ich zeig's dir, wie das geht."

Er umrundete mit ihr eine Gebäudeecke, hinter der es nicht so aufgeräumt aussah wie auf dem Teil des Hofes, auf den täglich der Blick Seiner Lordschaft fiel, setzte sich auf einen Hauklotz und nahm ihr ein Huhn ab. „So. Paß auf. Du hältst es mit der linken Hand hier am Hals.

Und dann greifst du so herum, dann gehen die Federn am leichtesten raus. Siehst du?“

Edward arbeitete sich zügig durch das Federkleid des unglücklichen Huhns, und entweder war es seine Gegenwart, die ihr das Schreckliche für den Moment erträglicher erscheinen ließ, oder sie hatte beschlossen, sich vor ihm keine weitere Blöße zu geben. Mit eisernem Willen überwand sie ihren Abscheu und versuchte, es ihm nachzutun. Das tote Tier schien ihren Widerwillen zu spüren, die Federn saßen fest und lösten sich nur unter Mitnahme einzelner Hautfetzen. Inzwischen war Edward mit seinem Vogel fertig. „Was ist, stellt es sich an? Gib mal her.“

Er probierte es und mußte dann feststellen: „Stimmt. Dieses Huhn hatte keinen sanften Tod. Es hat sich verkrampft. Na, ich krieg das schon hin.“

So rupfte der Stallbursche auch noch den größeren Teil des zweiten Huhns, während Amber, verkrampft wie das tote Huhn, die Zähne zusammenbiß, zur Seite sah und nur aus dem Augenwinkel die zu Boden fallenden Federn registrierte.

„Fertig. Sieht nicht perfekt aus, aber besser geht’s nicht.“

„Danke.“ Sie nahm die nunmehr nackten Vogelkörper, während sich ihre Eingeweide zusammenzogen, und trug sie zurück in die Küche.

Harriet begutachtete das Werk: „Das hier ist sehr schön. Und was hast du mit dem gemacht? Das sieht ja aus wie angefressen!“

„Ich bitte um Verzeihung. Die Federn saßen zu fest. Dieses Huhn hatte keinen sanften Tod“, zitierte sie Edward.

„Willst du mir Vorschriften machen, wie ich ein Huhn schlachte?“ brauste die Köchin auf.

Amber kroch in sich zusammen, und das mußte sie nicht einmal spielen. Die Herrin der Küche war wirklich eine respektheischende Persönlichkeit. „Nein, Mrs. Harriet, das würde ich niemals wagen.“

„Das wollte ich dir auch geraten haben. Und was hast du mit den Federn gemacht?“

„Die liegen noch draußen.“

„Ja, willst du, daß der Wind sie im ganzen Hof verteilt? Los, geh und kehr sie zusammen und bring sie dann auf den Misthaufen.“

„Natürlich, Mrs. Harriet.“

Als sie mit dem Besen in der Hand vor dem Federhaufen stand, wurde ihr bewußt, was sie eben gemacht hatte. Ihr Magen revoltierte. Sie hielt sich am Hauklotz fest, beugte sich vor und ließ den Dingen ihren Lauf. Hinterher brachte sie weisungsgemäß die Federn auf den Misthaufen, zusammen mit ihrem Mageninhalt.

Edward war inzwischen verschwunden. Kurz darauf sah sie ihn die beiden Pferde herausführen und vor der Kutsche anschirren. Dann erschien der Livrierte mit Zylinder, von dem sie inzwischen wußte, daß er Crawford hieß, stieg auf den Bock und fuhr mit der leeren Karosse durch das Tor hinaus. Sie hörte ihn über die Brücke rumpeln, dann verlor sich das Geräusch. Offenbar hatte er Auftrag, jemanden abzuholen, vielleicht von der Bahn.

Das Ausnehmen und Zubereiten der Hühner übernahm die Maîtresse de la cuisine persönlich, Amber blieben die niederen Arbeiten vorbehalten, wofür sie übrigens sehr dankbar war. Am späten Vormittag erschien ein Mensch, den sie noch nicht kannte, in der Küche. Er sah mit seinem Anzug und seinem Hut auch aus wie ein Städter, der sich nur versehentlich aufs Land verirrt hatte. Er warf einen mißtrauischen Blick auf das rothaarige Mädchen, senkte die Stimme und raunte der Köchin etwas zu. Amber verstand nur: „...von Lord Craven persönlich angeordnet.“

In ihrer direkten Art polterte Harriet los: „Schon wieder ohne Fleisch? Leidet Seine Lordschaft an Geschmacksverirrung?“

Der Mann machte eine beschwichtigende Geste und deutete dezent auf Amber.

„Ach was“, zischte die Köchin, „die ist gar nicht da. Die ist ohnehin ein bißchen beschränkt.“ Sie wollte zu einer längeren Erklärung ansetzen, aber der Mann winkte ab.

„Machen Sie ein Tablett fertig, ich hole es dann ab.“

„Erst einmal muß ich diese Hühner hier fertigmachen. Seine Lordschaft erwartet einen Gast zum Mittag. Und dann ... ach ja: Amber, nimm den Topf da, mach eine Gemüsesuppe. Das wirst du ja wohl können. Und ohne Fleisch, hörst du?"

Amber Torrington, respektive Belmullet, wie sie nun ja hieß, brachte wieder ihren albern aussehenden Knicks zustande. „Jawohl, Mrs. Harriet."

Diesmal zitterten ihre Hände vor Aufregung. Lord Craven orderte eine Gemüsesuppe ohne Fleisch, obwohl er doch mit seinem erwarteten Gast, jenem übrigens vermutlich, den Crawford abzuholen gefahren war, Huhn zu speisen beabsichtigte. Wenn das nun eine Spur zu ihrem Vater wäre, den sie nach wie vor hier irgendwo gefangen wähnte?

„Wenn du damit fertig bist, gibst du es in eine Terrine und stellst es auf ein Tablett. Mister Ashton holt es nachher ab."

Eine Gemüsesuppe ohne Fleisch, oh ja, das konnte sie. Wie oft hatte sie daheim für ihren Vater so eine Suppe gekocht? Sie füllte Wasser in den Topf und begann, Kartoffeln zu schälen.

Ashton betrat fast zur gleichen Zeit die Küche, als auch die Kutsche vom Bahnhof zurückkehrte. So vermochte Amber nur einen flüchtigen Blick auf den Fahrgast zu werfen, den Crawford abgeholt hatte. Ihr Eindruck war der eines hageren Mannes mit dunklen Haaren und dunklem Staubmantel, der eine Tasche, einen Koffer oder sonstigen kastenförmigen Gegenstand mit sich trug. Dann mußte sie sich um Ashton kümmern. „Sir, hier ist Ihre Suppe."

„Das ist nicht meine..." Er stockte und betrachtete Amber genauer. Sie erbebte innerlich und befürchtete für einen schrecklichen Augenblick, erkannt worden zu sein.

Aber Ashton trieben ganz andere Gedanken um. Er arbeitete hier momentan weit unter Niveau. Normalerweise war er im Inkassogeschäft für diverse nicht immer ehrenhafte Auftraggeber tätig. Lord Craven hatte ihn anheuern lassen, um diesen Torrington zu bestehlen, woraus spontan eine Entführung geworden war - die sein Gewissen ebenfalls nicht sonderlich belastete, jedenfalls nicht für ein Salär von zwei Sovereign pro Tag. Aber jetzt war er unversehens in die Rolle eines

Kammerdieners abgestiegen, weil Lord Craven sich scheints vorgenommen hatte, seinen unfreiwilligen Gast als Gentleman zu behandeln, während er, Ashton, normalerweise auf seine Fäuste und seinen Revolver setzte, wenn es darum ging, jemanden seinen Wünschen geneigt zu machen. Mit anderen Worten, er sah sich derzeit jeglichen Vergnügens beraubt.

Und jetzt war hier dieses Mädchen, von dem Harriet versichert hatte, es sei geistig ein wenig unterbelichtet, und das auch so guckte. „Komm doch mal her, mein Kind.“

Amber, die an seinen Überlegungen naturgemäß nicht hatte teilhaben können und daher als Schlimmstes immer noch das Auffliegen ihres Schwindels gegenwärtigte, trat zögernd näher. Etwas in seinem Blick alarmierte sie. Etwas Hungriges lag darin, wie sie es noch nie gesehen hatte - höchstens den Wolf in den einschlägigen Märchen hatte sie sich immer so vorgestellt. „Nimm das Tablett und trag es für mich.“

„Wohin, Sir?“

„Komm mir einfach nach.“

Der Eingang zum Turm lag an dessen Seite, so daß sie das Gebäude fast ganz umrunden mussten und sie das Ziel erst im letzten Moment erkannte. Der Turm! Natürlich! Hier konnte Craven gut und gerne ihren Vater gefangen halten. Ashton zog einen Schlüssel aus der Tasche und sperrte die Tür auf. „Bring die Suppe hier hinein.“

Amber blickte in einen düsteren Raum, in dem nur eine Holzbank stand, auf der anderen Seite gab es eine weitere Tür. Jetzt focht sie einen inneren Kampf mit sich aus. Da drin saß vermutlich ihr Vater, dessentwegen sie hierher gekommen war. Aber da drin, zwischen der äußeren und inneren Tür, würde sie mit Ashton allein sein, wogegen sich alle ihre Sinne sträubten.

Craven war es bisher offenbar gelungen, die Anwesenheit Finley Torringtons vor seinem Personal zu verbergen. Selbst Edward oder Harriet hatten kein Wort über einen geheimnisvollen Gast im Turm verloren. Es wäre einfach naiv gewesen zu glauben, daß Ashton sie zu ihrem Vater führen würde. Ihr Weg endete hier in diesem Raum. Sie hielt dem unheimlichen Mann das Tablett hin. „Bitte, Sir.“

Jener wies auf die Holzbank. „Stell es da hin.“

In ihrer Phantasie malte sie sich aus, wie er, während sie die Suppe dorthin trug, hinter ihnen die Tür verschloß und dann ... würde der Wolf sie fressen oder jedenfalls etwas ganz Schreckliches geschehen. Spontan ging sie in die Knie und setzte das Tablett auf dem Boden ab. „Ich muß wieder zu Harriet, Sir.“

Dann rannte sie zurück in die Küche, wie von Furien gehetzt. Und verfluchte sich zugleich, weil ihre Feigheit und ihre Furcht vor den dunklen Mächten aus den Märchenbüchern sie daran gehindert hatte, das zu unternehmen, weshalb sie hier war: das Schicksal ihres Vaters aufzuklären.

*

Bevor Amber an diesem Abend ins Bett ging, nahm sie aus ihrem Gepäck ihr Exemplar des Marconiphons heraus und legte es vor sich hin. In der sehr irrationalen Hoffnung, damit doch noch eine Verbindung zu Sir Finley aufbauen zu können, hatte sie es auf ihre Expedition mitgenommen. Sie betrachtete das Kästchen lange und nachdenklich. Ihre Finger strichen über das Ebenholz, über die Schieber. Die Chancen, ihren Vater zu erreichen, standen minimal. Erstens hatte sich bei ihrem letzten Versuch ein Fremder gemeldet, von dem sie inzwischen vermuteten mußte, daß es Lord Craven gewesen war.

Und zweitens war sie hier knappe zwanzig Meilen von der Stadt entfernt. Da Sir Finley die Erfindung seiner Tochter erklärt hatte, schon damit sie das Gerät richtig bedienen konnte, wußte Amber, daß zum Funktionieren der Transscribeur erforderlich war, welchen ihr Vater in der Nähe ihrer Wohnung am Schornstein einer Fabrik befestigt hatte. Der Fabrikbesitzer hatte ihm, eingedenk seiner ständigen Erreichbarkeit im Falle technischer Probleme, freundlicherweise gestattet, das Gerät dort anzubringen, einschließlich einer kleinen, gasbefeuerten atmosphärischen Dampfmaschine, die in einer Ecke der Werkhalle ihren Dienst tat und den Transscribeur mit Kraft versorgte.

Das Marconiphon war keineswegs dafür gedacht oder auch nur geeignet, direkt mit einem zweiten in Verbindung zu treten. Die geringe Kraft der galvanischen Zelle hätte mit Mühe ausgereicht, die ausgestrahlte Aetherwelle bis in ein benachbartes Haus vorzudringen zu lassen, aber keinesfalls weiter. Dafür gab es eben den Transscribeur. Dieser nahm die Welle auf, tat mit ihr das, was sein Name besagte, er überschrieb sie auf eine andere Welle, welche dann von einer groß dimensionierten Spule wieder abgestrahlt wurde und so noch in erheblicher Entfernung empfangen werden konnte. Ihre Kraft bezog diese Spule eben aus der Bewegung der Dampfmaschine. Möglicherweise reichte die Stärke der Welle aus, um von der Innenstadt bis nach Craven Manor vorzudringen. Aber wenig wahrscheinlich war es, daß der Transscribeur noch die Welle des Marconiphons aus dieser Entfernung aufnehmen konnte, um sie zu verstärken.

Amber überlegte lange. Wenn die Verbindung tatsächlich zustande kam, wer würde sich melden? Andererseits würde sie es sich niemals verzeihen, es nicht wenigstens versucht zu haben. Sie überzeugte sich davon, daß das Uhrwerk für die Achatwalze aufgezogen war; sie drehte die Kurbel, konnte sie aber nur wenige Rasten weit bewegen, die Antriebsfeder war noch fast gar nicht abgelaufen. Sie schob die Hebel in die Position, die dem Gerät ihres Vaters zugeordnet war. Sir Finley hatte auf die Theorien des Philosophen Leibniz zurückgegriffen, welcher ausgeführt hatte, wie man jede Zahl durch eine bloße Folge von Nullen und Einsen darstellen konnte, indem man jeder Stelle eine andere Wertigkeit zudachte: eins, zwei, vier, acht, sechzehn und so weiter. Mit den fünf Hebeln konnte man eine Nummer zwischen null und einunddreißig einstellen. Das hieß, man konnte mit dem Gerät potentiell zwischen zweiunddreißig verschiedenen Gegenstationen wählen, und jeder weitere Hebel hätte die Anzahl der Möglichkeiten verdoppelt. Es gab bisher nur zwei Geräte; das ihres Vaters war so geschaltet, daß es auf die Codierung fünf antwortete, erster und dritter Hebel nach oben, das war eins plus vier. Ihr eigenes reagierte auf die Nummer sechsundzwanzig, also sechzehn plus acht plus zwei. Bei jeder anderen Kombination passierte nichts. Damit hatte Torrington das prinzipielle Funktionieren seines Verfahrens nachgewiesen.

Amber stellte die Nummer fünf ein, dann drehte sie entschlossen den Schaltknebel, der den galvanischen Strom freisetzte. Was genau jetzt im Innern des Kästchens passierte, hätte sie sich nicht erklären können. Jedenfalls würde jetzt die Welle mit dem Code fünf ausgestrahlt werden.

Wenn der Transscribeur sie verstand, würde er auf der anderen Welle den Code verstärkt weitergeben, und im Gerät ihres Vaters würde die Glocke anschlagen. Sie wartete eine Weile auf einen Erfolg, aber nichts geschah.

Plötzlich kam ihr ein Gedanke. Wenn sie nun die Sechsundzwanzig einstellte, also ihre eigene Nummer, müßte dann nicht die Glocke in ihrem eigenen Gerät sich melden? Nachdem sie weitere Momente in banger Hoffnung verbracht hatte, aber enttäuscht worden war, probierte sie es. Die Glocke erklang nicht. Aber ihre Überlegung erschien ihr logisch, daran konnte nichts falsch sein. Folglich wußte sie nun, daß es an der zu großen Entfernung liegen mußte. Sie hatte ihr Marconiphon völlig nutzlos mit sich herumgetragen. Sie schaltete es wieder aus und verbarg es zuunterst in ihrem Gepäck.

In ihr Nachtgebet schloß sie die Bitte ein, das Schicksal ihres Vaters bald aufklären zu können, da sie nun begriffen zu haben glaubte, daß kein Engel wie bei Petrus eingreifen würde, sondern ihr diese Aufgabe selbst zufiel. Allerdings fügte sie noch die Bitte an, sie vor Wölfen, vor allem solchen in Menschengestalt, zu beschützen.

Als sie sich zu Bett begab, stieg ihr der Duft von Lavendel in die Nase. Sie griff nach dem Sträußchen und wünschte sich sehnlichst, daß es tatsächlich Edward gewesen war, der es auf ihr Kissen gelegt hatte.

*

Etwa zu dieser Zeit standen in einem Kabinett des herrschaftlichen Hauses Lord Craven und sein Besucher, bei dem es sich um niemand anderen als um den Privatdozenten Ethan Bathurst handelte, vor einem Tisch, auf dem sich ein nunmehr völlig in seine Einzelteile zerlegtes Marconiphon befand. Ein mehrarmiger Leuchter mit Wachskerzen erhellte die Szene, Gaslicht gab es hier draußen noch nicht.

„Sie haben also die Funktion verstanden?" vergewisserte sich Craven.

„In aller Bescheidenheit wage ich zu behaupten: Ja, Mylord."

„Sie könnten also die Patentschrift formulieren?"

Bathurst setzte eine etwas unglückliche Miene auf. „Im Prinzip ja", erklärte er zögernd.

„Was heißt hier: im Prinzip? Ja oder nein?“

„Es ist so, Mylord“, begann der Naturphilosoph, „ich habe verstanden, auf welcher Grundlage es arbeitet. Ich verstehe aber nicht, wie es mit dieser einzelnen galvanischen Zelle möglich sein sollte, daß Mister Torrington damit eine Verbindung über mehrere Meilen getätigt haben kann, wie Sie behaupten. Nach meiner Analyse reicht die Kraft der Welle dafür einfach nicht aus.“

„Vielleicht stimmt etwas mit Ihrer Analyse nicht“, schnarrte Craven. „Das Ding hat eine Verbindung von Torringtons Haus am Stadtrand bis zu Lady Lansdons Anwesen herstellen können.“

„Deren Zeuge Sie waren?“

Lord Craven seufzte. „Nicht direkt. Aber ich habe keinen Zweifel an der Richtigkeit. Jedenfalls konnte ich mich persönlich davon überzeugen, daß von einem zwanzig Minuten Fußweg entfernten Pub bis zu Torringtons Haus eine Verbindung möglich war. Sie müssen sich in Ihrer Einschätzung irren, Mister Bathurst.“

„Es wäre am einfachsten, wenn wir ein zweites Gerät zur Hand hätten, um die Probe aufs Exempel zu machen.“

„Ein zweites Gerät? Torringtons Tochter besitzt zweifellos eins, aber das würde bedeuten, dort einzubrechen und es zu entwenden. Dazu müßte ich mich wiederum eines diskret arbeitenden Spezialisten versichern, damit nicht womöglich der Name meines Geschlechtes mit einer unrühmlichen Affaire in Verbindung gebracht werden kann. Und, ganz unter uns, Mister Bathurst, ich investiere in letzter Zeit unverhältnismäßig viel Geld in Spezialisten solcher Art.“ Er sah seinen Gast scharf an. „Wobei ich meine Investition in Ihre bislang wenig hilfreichen Dienste durchaus einrechne, Mister Bathurst!“

„Wenn das Ihre Auffassung von meiner Nützlichkeit ist, Mylord, dann frage ich mich, warum ich nicht einfach wieder abreise!“ giftete der solchermaßen Gescholtene.

„Möglicherweise wegen eines gewissen Schuldscheins, der sich in meinem Besitz befindet?“ vermutete Lord Craven.

Bathurst sah ein, daß er am kürzeren Hebel saß. Er seufzte. „Ein Vorschlag zur Güte: Die Konstruktion des Gerätes liegt klar vor uns. Wir könnten es nachbauen.“

„Wir? Sie meinen: Sie könnten es nachbauen. Wie lange werden Sie dafür brauchen?“

Der Angesprochene wiegte den Kopf. „Stellen Sie mir diesen Jayden, diesen Uhrmacher zur Seite, und ich denke, wir bekommen es in, nun, sagen wir in acht Tagen bewerkstelligt.“

„Acht Tage?“ brauste Seine Lordschaft auf. „Diese paar Drähte und Hebel? Das kann doch höchstens zwei dauern!“

„Mylord, in zwei Tagen kann ich Ihnen etwas basteln, das so aussieht.“ Mit einer Geste umfaßte er das Sammelsurium von Einzelteilen auf dem Tisch. „Aber ich brauche acht, um etwas zu bauen, das auch so funktioniert.“

„Na schön“, knurrte Craven. „Ich gebe Ihnen also acht Tage. Und dann machen Sie sich an die Abfassung des Patentantrags.“

„Das Problem der Reichweite, Mylord...“

„Lassen Sie sich gefälligst etwas einfallen, Mister Bathurst!“ Aus Lord Cravens Mund klang es wie eine kaum verhohlene Drohung.

*

Die Angst vor dem Wolf, den sie in Ashtons Augen gesehen hatte, veranlaßte Amber, sich gegen die Mittagszeit des folgenden Tages aus der Küche fernzuhalten. Das war relativ einfach zu bewerkstelligen gewesen, sie hatte sich freiwillig erboten, Holz für den Herd zu hacken. Das war eine Tätigkeit, die sie auch daheim bisweilen - wenngleich nicht eben mit Begeisterung - auf sich genommen hatte. Meist hatte Sir Finley Torrington das selbst erledigt, denn er war der Ansicht, das sei keine Arbeit für ein Mädchen. Aber von Zeit zu Zeit hatte es sich ergeben, daß Amber ihn, wenn das Holz zur Neige ging, über einem komplizierten Problem in seiner Werkstatt brütend vorgefunden hatte, und dann hatte sie es nicht übers Herz gebracht, ihn dabei zu unterbrechen. Hinterher hatte er zwar beteuert, sie hätte ruhig etwas sagen dürfen, aber sein dankbarer Blick sagte etwas anderes und hatte sie für die Mühsal belohnt.

Nun jedenfalls stand sie an jenem Hauklotz, an dem sie tags zuvor ziemlich erfolglos das Rupfen von Federvieh probiert hatte, und es kam ihr vor, als ob ihr die heutige Tätigkeit deutlich leichter von der Hand ging. Zumindest die ersten zwanzig oder dreißig Minuten über. Danach geriet sie allmählich in Schweiß. Die Menge des Holzes für Harriets Küche überstieg doch in erheblichem Maße das, was sie daheim für ihren bescheidenen Herd hatte heranschaffen müssen. Immerhin wurde hier für ein Haus mit einer Dienerschaft und einem Gesinde gekocht, die leicht zwei Dutzend Personen umfaßten und nicht nur zwei. Der Stapel herdfertiger Scheite wuchs langsam - und der Stoß, der noch der Zerkleinerung harrte, wollte einfach nicht abnehmen.

Als sie - gefühlt - etwa ein Viertel der Arbeit geschafft hatte, stellte sich wieder einmal Edward bei ihr ein. „Was machst du denn da?“

Etwas kurzatmig keuchte sie, zwischen zwei Axthieben: „Nach was sieht es denn deiner Meinung nach aus?“

„Nach einer Tätigkeit, die eine junge Dame nicht machen sollte. Gib mal her.“ Er grinste entwaffnend und streckte die Hand nach der Axt aus.

Ihr Stolz war in diesem Augenblick weitaus geringer als sie selbst hätte zugeben mögen, und sie ließ sich das Werkzeug widerstandslos aus der inzwischen recht kraftlosen Hand nehmen.

Nachdem sie, an die Hauswand gelehnt, ihm eine Weile zugesehen hatte und wieder zu Atem gekommen war, erlaubte sie sich die Vermutung: „Ich nehme an, du hast mal wieder nichts zu tun?“

„Nicht wirklich. Die Post hab ich schon geholt, nachher muß ich noch eine Tür richten, bei der die Angel gebrochen ist, aber das ist nicht so dringend, daß ich nicht erst einmal das hier machen kann. Es ist eine Schande, daß Harriet dich zu so einer Knochenarbeit abkommandiert.“

Amber rang mit sich, inwieweit sie ihn ins Vertrauen ziehen konnte. Am liebsten hätte sie ihm alles offenbart. Daß sie in Wirklichkeit Amber Torrington war, daß sie ihren Vater hier in der Gewalt Lord Cravens vermutete, daß sie auf eine Möglichkeit sann, ihn aus dem Turm zu befreien. Aber wie loyal war Edward Seiner Lordschaft gegenüber, und wie würde er auf eine derartige Eröffnung reagieren?

Schließlich gab sie zumindest einen Teil ihrer Beweggründe preis:

„Es war nicht Harriets Idee. Ich habe es freiwillig übernommen, um diesem Menschen namens Ashton aus dem Weg zu gehen."

„Der Typ mit dem Hut, der aussieht wie eine Schießbudenfigur?"

„Eine nette Beschreibung. Ja, eben der. Wie er mich gestern angesehen hat, das ging mir eiskalt bis ins Mark." Sie schilderte ihr Erlebnis mit dem unheimlichen Menschen.

Edward begutachtete kurz den Stapel aufgeschichteter Scheite und wischte sich mit dem Ärmel über die Stirn. „Gleich haben wir's. Das war zweifellos klug von dir, ihm nicht in den Turm zu folgen."

„Ja. Nur..."

„Was?"

„Ach, nichts." Sie mußte in den Turm. Aber das war genau das, was sie Edward nicht anvertrauen konnte.

*

Nach der Enttäuschung, das rothaarige Mädchen mittags nicht in der Küche angetroffen zu haben, stellte Ashton es noch am gleichen Abend eine Spur geschickter an. Er schlenderte in die Küche, blickte suchend um sich, und nachdem er Amber wiederum nicht entdeckte, wandte er sich an Harriet. „Ist diese ... wie heißt sie doch ... nicht mehr da?"

„Sie meinen Amber. Doch, ich habe sie gerade in die Waschküche geschickt, das Feuer unter dem Kessel anzuzünden. Ich muß noch einen Stapel Bettzeug auskochen und über Nacht einweichen. Aber das kann nicht lange dauern, sie muß gleich zurück sein."

„Brauchen Sie das Mädchen dann noch?"

Harriet runzelte argwöhnisch die Stirn. „Warum fragen Sie?"

„Seine Lordschaft bat mich, sie zu ihm zu bringen. Er möchte wohl seine neue Angestellte einmal persönlich in Augenschein nehmen.“

Dem konnte eine Harriet natürlich nichts entgegenstellen. Als wenige Minuten später Amber wieder auftauchte, zuckte sie zwar angesichts Ashtons zurück und sah aus, als wolle sie sofort umkehren, aber die Stimme der Köchin nagelte sie fest. „Amber, bleib gefälligst da. Seine Lordschaft fragt nach dir, und Mister Ashton wird dich hinbringen. Keine Widerrede!“

Amber erschrak, erinnerte sich aber dann daran, daß sie die Begegnung mit Lord Craven, die ihr bisher erspart geblieben war, in ihre ursprüngliche Planung ja durchaus einbezogen hatte in der Gewißheit, er würde sie nicht erkennen. Damals, vor Jahren, war ihr Vater noch nicht einmal im Adelsstand gewesen, und schon allein deshalb konnte Craven ihr keine sonderliche Aufmerksamkeit geschenkt haben. Außerdem war sie seinerzeit ein kleines Mädchen gewesen. Sie knickste devot. „Jawohl, Mrs. Harriet.“

„Ein folgsames Kind“, lobte die Köchin. „Außer, daß sie keine Hühner zu rupfen versteht.“

Ashton verstand wiederum den Sinn dieser Bemerkung nicht, fand es aber auch nicht wichtig, ihn herauszufinden. Er winkte Amber, ihm zu folgen. Er führte sie über den Hof, und als Amber erkannte, daß es in Richtung des Turms ging, überkamen sie im Wechsel heiße und kalte Schauder. Nicht da hinein, flehte eine Stimme in ihr. Eine andere redete ihr ein, daß ihr, wenn wirklich Lord Craven dort war, von dem Wolf keine Gefahr drohte. Vielleicht weilte Craven gerade bei ihrem Vater. Aber das konnte bedeuten, daß sie bereits durchschaut war, und er sie durch die Gegenüberstellung zu einer verräterischen Reaktion verleiten wollte. Oder ihren Vater. Sie mußte auf jeden Fall alles versuchen, ihn an einer Geste oder einem Ausruf des Erkennens zu hindern. Hoffentlich würde er rasch genug begreifen, daß sie in geheimer Mission auf Craven Manor weilte. Und wenn Lord Craven nicht dort war? Erst jetzt begriff sie mit Entsetzen, daß Ashton die Geschichte mit Seiner Lordschaft einfach nur vorgeschoben haben konnte. Aber dann...

Ashton öffnete die Tür des Turms. Da inzwischen die Dämmerung angebrochen war, konnte man im Innern kaum etwas erkennen. „Seine Lordschaft ist da drin?" erkundigte sie sich unsicher.

„Sicher, mein Kind." Ashton gab seiner Stimme eine einschmeichelnde Note. „Du wirst ihn gleich sehen."

In der Tür wuchs ihr innerer Widerstand ins Unermeßliche. Sie blieb stehen. Aber es nützte ihr nichts mehr. Ashton stieß sie mit kräftiger Hand in den Rücken, sie taumelte vorwärts, prallte schmerzhaft gegen die Holzbank und hörte, wie hinter ihr die Tür zuschlug und der Schlüssel sich umdrehte. Nur ein schmaler, einer Schießscharte ähnlicher Schlitz im Mauerwerk, allerdings in wenigstens acht Fuß Höhe, spendete noch etwas Licht. Sie warf sich herum und sah Ashton unmittelbar vor sich. Er preßte sie rücklings auf die Holzbank nieder.

„Wenn du schreist, bist du tot", zischte er ihr zu. Sie schrie trotzdem, aber sie war sicher, daß nichts davon durch die Schießscharte nach draußen dringen würde. Ashton preßte ihr eine Hand auf den Mund und brachte sie so zum Schweigen. Ihr Hinterkopf stieß hart auf die Bank, sein Körpergewicht drückte sie nieder. Sie spürte, wie er mit der anderen Hand ihr Kleid hochschob...

Etwas polterte. Die Tür des Turms flog auf, und im nächsten Augenblick zerriß ein scharfer Knall die Luft. Sie hörte Ashton schreien. Dann schrie sie selbst, ihrem Entsetzen Luft machend. Die Last auf ihr schwand, Ashton rollte auf den Boden, es knallte erneut. Ungläubig richtete sie sich auf. Ein dunkler Umriß hob sich in der Tür gegen die Dämmerung ab. Nur an der Ballonmütze erkannte sie ... „Edward!"

Jener drehte die Peitsche um, die er in der Hand hielt, und drosch mit deren Griff auf den am Boden wimmernden Ashton ein, bis dieser sich nicht mehr rührte. Erst dann wandte er sich dem Mädchen zu. „Amber? Alles in Ordnung? Hat er dir etwas angetan?"

Anstelle einer Antwort flog sie ihm in die Arme. „Oh, Edward! Du bist gerade noch rechtzeitig gekommen!"

Einen Engel? Oh ja! Aber der Herrgott hatte sich den Engel für den Augenblick aufgespart, in dem er wirklich gebraucht wurde.

Sie ließ es geschehen, daß er sie sanft an sich drückte und ihr über die Haare strich. Den Kopf auf seiner Schulter, konnte sie die Tränen nicht mehr zurückhalten. Und das Geständnis auch nicht. „Edward, ich muß dir etwas gestehen. Ich bin nicht Amber Belmullet. Ich bin Amber Torrington...“ Und dann erzählte sie ihm die ganze Geschichte.

Ihre Befürchtung, der Junge könnte ihren Plan durchkreuzen und sie an Lord Craven verraten, erwies sich als unbegründet. Vielleicht wäre das noch vor wenigen Minuten anders gewesen, aber spätestens nach diesem Vorfall stand Edward voll und ganz zu ihr. „Dann sollten wir weiter keine Zeit verlieren und deinen Vater da rausholen. Ashton muß den Schlüssel zur Innentür in der Tasche haben.“

„Wie bist du überhaupt außen reingekommen?“

Er lachte kurz auf. „Das Schloß in der Außentür ist ein Witz. Das bekommt man mit einem Stück Draht auf.“

Als er sich zu Ashton herunterbeugte und in dessen Taschen zu kramen begann, gab jener ein Stöhnen von sich und machte ihnen klar, daß von hier noch immer Gefahr drohte.

„Wir müssen ihn fesseln. Hilf mir mal mit der Bank.“ Da die Bank leichter zu bewegen war als der Mann, schoben sie sie zu ihm hin, und Edward band seine Hände mittels der Peitschenschnur daran.

Mit dem Schlüssel, den sie Ashton abnahmen, gelangten sie durch die zweite Tür auf eine finstere Wendeltreppe. „Ich vermute, du hast im Dunkeln auch keine Angst?“

„Bestimmt nicht.“

„Dann such deinen Vater, ich paß unterdessen auf ihn hier auf.“

Amber betrat die Treppe und taste sich an der Wand entlang nach oben. Nachdem sie sich an die Stufenhöhe gewöhnt hatte, kam sie ohne größere Verzögerung voran. „Vater? Vater, bist du hier?“

„Amber?“ kam es von oben, mit einem ungläubigen Tonfall.

„Ja, ich bin es. Komm rasch, beeil dich, wir müssen fliehen!“

Sir Finley ließ sich das nicht zweimal sagen. Da man ihn ohne Gepäck hierher gebracht hatte, brauchte er nicht zu packen. Amber hörte, wie er ihr entgegenkam. „Renn mich nicht um. Hier bin ich.“

Als er sie erreichte, nahm er sie kurz in den Arm. „Amber! Wie kommst du hierher?“

„Später. Erst einmal weg von hier!“ Sie packte seine Hand und zog ihn die Treppe hinunter. Wenig später erreichten sie den Vorraum, in dem immer noch der Junge wartete. „Das ist Edward. Er hat mir geholfen.“

„Freut mich, Sie kennenzulernen, Sir Finley. Amber hat mir alles erzählt. Jetzt müssen Sie aber zusehen, daß Sie wegkommen, ehe Lord Craven etwas mitbekommt. Ich schlag vor, Sie nehmen das Fahrrad, dann können Sie noch den letzten Zug von Dalston Junction kriegen.“

Edward sah auf den Hof hinaus, auf dem es inzwischen so dunkel war, daß man keine Einzelheiten mehr erkennen konnte. „Es ist niemand zu sehen. Und wenn, dann erkennt er so wenig wie wir. Das Fahrrad ist drüben im Stall. Kommen Sie, Sir!“

So schnell man eben gehen konnte, ohne in einen weithin hörbaren Laufschritt zu verfallen, überquerten sie den Hof. Edward verschwand im Stall. Etwas klapperte, und nach kurzer Zeit erschien er wieder mit dem Rad. „Sie können hoffentlich damit umgehen, Sir?“

Torrington bejahte.

„Dann laß ich Sie jetzt aus dem Tor. An der Gabelung rechts; links geht es durch den Wald. Das wär sogar etwas kürzer, aber im dunkeln finden Sie den Weg nicht.“

Als Amber eben auf dem Gepäckträger Platz nehmen wollte, fiel es etwas ein. „Oh nein! Meine Sachen sind noch in der Kammer!“

„Du wirst doch jetzt nicht noch deine Sachen holen wollen?“

„Ja. Nein.“ Sie senkte die Stimme. „Mein Marconiphon liegt unten in dem Korb.“

Torrington rang nur kurz mit sich. Dann entschied er: „Laß es da. Das meine hat Lord Craven ohnehin. Darauf kommt es jetzt auch nicht mehr an.“

Das Tor ging auf. „Viel Glück!“ wünschte Edward.

Torrington trat in die Pedale, während Amber sich von hinten an ihm festhielt. Eigentlich erst in diesem Augenblick wurde ihr bewußt, daß Edward jetzt hinter ihnen zurückblieb und sie ihn vermutlich nicht mehr wiedersehen würde. Ein Gefühl von Wehmut überkam sie. Sie ließ mit einer Hand ihren Vater los und versuchte zu winken, aber die Bewegung fiel knapp aus, weil sie befürchten mußte, den Halt zu verlieren. Und wahrscheinlich hatte der Junge es in der Dunkelheit nicht einmal gesehen. „Leb wohl, Edward“, flüsterte sie.

*

Links lag der Wald, schwarz und drohend. Der Weg führte daran vorbei, ganz fern glommen ein paar Lichter, die wohl schon zu Dalston Junction gehörten, und die ihr Ziel markierten. Ein Schlagloch oder Hindernis, machte Torrington sich klar, würde er nicht erkennen. Dennoch trat er weiter kräftig, so daß es in der Mechanik knackte. Und es war kein Schlagloch, das ihm zum Verhängnis wurde. Zwanzig Minuten, hatte Edward gesagt. Vielleicht zehn davon hatten sie hinter sich, als es unter ihm rasselte, und dann trat er unvermittelt ins Leere. Die Kette war abgelaufen.

Schwankend brachte er das Rad zum Stehen und stieg ab. Amber ließ sich vom Gepäckträger gleiten. „Die Kette!“ erklärte Torrington, legte das Rad hin und begann nach dem Getriebe zu tasten. Für ihn als erfahrenen Mechaniker sollte das eigentlich kein Problem sein, aber in der Dunkelheit und nur auf den Tastsinn angewiesen, wurde es doch zu einer Geduldsprobe, die Kette wieder zu richten und auf das Zahnrad zu fädeln. Dreimal schaffte er es fast, und dann sprang sie doch wieder heraus. Mit jedem Fehlversuch, das war ihm nur zu klar, verringerte sich ihre Chance, noch den Zug zu erreichen.

Und jetzt hörten sie Hufschlag, und aus der Richtung, aus der sie eben selbst gekommen waren, näherte sich ein Licht.

„Weg hier!“ zischte Torrington seiner Tochter zu. „In den Wald!“

In dieser Richtung lag nur Craven Manor, und es erschloß sich ihm sofort, daß es nur eine logische Erklärung gab: Ihre Flucht war entdeckt und sie wurden verfolgt.

Sie stolperten in die Dunkelheit und versuchten das Unterholz zu erreichen, ehe die Kutsche heran war. Ambers Kleid blieb an irgend etwas hängen, sie riß es los und hastete weiter, bis ihr Vater sie anhielt. „Runter! Und still!" flüsterte er.

Das Fuhrwerk hielt. Natürlich. Dort lag das Fahrrad, und die Kutsche hatte eine Laterne. Amber spürte, wie ihr Herz bis zum Hals schlug und hoffte, daß das für einen Außenstehenden nicht zu hören war. Noch konnten sie sich eine kleine Chance ausrechnen, daß man sie in der Dunkelheit nicht fand.

In der Ferne hörte man die Lokomotive des Zugs pfeifen. Dann knarrte die Federung der Kutsche, als jemand ausstieg. Sie erkannten Lord Cravens Stimme. "Caesar! Hannibal! Such!"

Amber schloß die Augen. Vorbei, dachte sie. Sie hörte, wie die Hunde hechelten, wie ihre Körper durch das Gestrüpp brachen, und dann war etwas Großes, Knurrendes heran und begann sie zu verbellen.

„Aus!" kommandierte Craven. Eine Laterne in der einen, ein Jagdgewehr in der anderen Hand, stand er da. „Sir Finley!" Seine Stimme nahm einen spöttischen Tonfall an. „Es enttäuscht mich, daß Sie meine Gastfreundschaft so wenig zu würdigen wissen!"

5. Fenster

Die Rückfahrt nach Craven Manor war von Schweigsamkeit gekennzeichnet. Niemand aus der nächtlichen Reisegesellschaft, die sich die Kutsche teilte, sah sich zu irgend einer Form der Konversation veranlaßt. Torrington und seine Tochter saßen einem Lord Craven gegenüber, dessen Blick nicht richtig einzuordnen war, in gewisser Weise grimmig und vorwurfsvoll, andererseits aber auch durchaus triumphierend. Immerhin hatte er nun zu Torrington auch noch dessen Tochter in seiner Gewalt, was den Verhandlungen eigentlich nur förderlich sein konnte. Der andere Mitreisende hatte momentan Schwierigkeiten, überhaupt einen Blick zu produzieren, welcher Art auch immer. Sein rechtes Auge war zugeschwollen, über dem linken klaffte eine Platzwunde, die er mit einem Taschentuch provisorisch am Bluten hinderte. Neben den sichtbaren Beschädigungen wies Ashton eine Reihe weiterer Blessuren auf, zudem hatten zwei Peitschenhiebe die Rückseite seiner Jacke zerfetzt und blutige Striemen auf seinem Rücken hinterlassen.

Eine der beiden Doggen lag zu Cravens Füßen auf dem Boden der Kabine, die andere hatte sich zwischen Amber und Sir Finley auf das Polster des Sitzes gezwängt, ohne daß Craven sie daran gehindert hatte. Das Tier hätte, ausgestreckt, alle drei Sitze allein zu füllen vermocht, jetzt drängte es sich mit dem Hinterteil gegen Torrington und hatte seine Vorderpfoten besitzergreifend auf Ambers Oberschenkel gelegt, die leider nicht weiter zurückweichen konnte, obwohl sie sich schon sehr schmal zu machen und nicht zu atmen versuchte.

Sie wußte nicht, welcher der Hunde Hannibal und welcher Caesar hieß, aber sie war ziemlich sicher, daß der Höllenhund neben ihr, der sie mit giftigen Augen fixierte, während aus seinen Lefzen Sabber troff, Hannibal heißen mußte. Obwohl sie im Prinzip tierlieb war und die Kreatur achtete, stellte sie fest, daß sie sich vor ihm ekelte und er ihr zugleich Respekt einflößte - zwei Gefühlsregungen übrigens, die sie bis vor kurzem noch Ashton entgegengebracht hatte, der jetzt aber lädiert und wenig furchteinflößend war und bisher nicht einmal zu wissen schien, wer ihn eigentlich so zugerichtet hatte.

Die wortlose Fahrt schien endlos zu dauern, obwohl es eigentlich nur zehn oder zwanzig Minuten sein konnten. Das Schweigen endete erst, als das Fahrzeug die Brücke vor Craven Manor überquerte und dann das Tor durchfuhr.

„Brrr!“ Crawford hielt die Pferde an, und Lord Craven wandte sich an Torrington. „Sie sehen, Sir Finley, nun sind Sie wieder da, wo sie angefangen haben. Vielleicht sehen Sie jetzt ein, daß es besser wäre zu kooperieren. Zumal Sie nun auch nicht mehr auf die Hilfe Ihrer Tochter rechnen können. Vielleicht wird die junge Dame ja ihren Einfluß auf Sie geltend machen, um Sie zur Vernunft zu bewegen.“ Er sah Amber an. „Ich rechne auf dich, mein Kind. An Unternehmungsgeist scheint es dir nicht zu fehlen. Jetzt ist es an dir, ihn in eine sinnvolle Richtung zu lenken.“

Amber sah ihn wütend an und verzichtete auf eine Antwort.

„Sie kennen ja den Weg“, schloß er, „aber Mister Ashton wird Sie sicherheitshalber begleiten.“ Damit öffnete er die Tür, kletterte hinaus und wandte sich um, um Amber ganz kavaliersmäßig die Hand zu reichen und ihr beim Aussteigen behilflich zu sein. Sie ignorierte das Angebot jedoch. Ashton folgte ihnen schweigend, aber seine Geste trieb sie vor sich her.

„Hopp! Bei Fuß!“ Das galt den Höllenhunden, die folgsam aus der Kabine sprangen und sich neben ihren Herrn gesellten.

„Ich denke, heute nacht brauche ich Sie nicht mehr, Crawford. Sie können ausschirren und die Pferde wegbringen.“

Im Schein der Kutschlaterne war plötzlich noch ein Schemen auf dem Hof. „Kann ich Ihnen helfen, Mister Crawford?“ erkundigte sich Edward in diensteifrigem Tonfall.

„Edward!“ Crawford schien überrascht. „Na, wenn du schon da bist, ich fahr den Wagen noch weg, und dann spannst du die Pferde aus und bringst sie in den Stall.“

„Gern, Mister Crawford.“

Er schaffte es, nahe an Amber vorbeizukommen. Dabei flüsterte er ihr etwas zu, das wie ‚Licht im Fenster' klang. Sie hatte allerdings keine Idee, was er damit meinte.

Ashton und Craven brachten ihre Gefangenen zum Turm zurück. Ashton fingerte in seiner Tasche herum, fand aber den Schlüssel zur inneren Tür nicht, und er konnte sich auch nicht erinnern, was im Verlaufe der vorangegangenen Ereignisse daraus geworden war. Hatte etwa das Mädchen ihn an sich genommen? Oder hatte er ihn einfach nur verloren? Er herrschte Amber an: „Wo ist der Schlüssel?"

„Welcher Schlüssel?"

„Stell dich nicht dumm. Der Schlüssel zu der Tür da. Gib ihn heraus!"

„Aber ich habe ihn nicht!" beteuerte das Mädchen.

Er packte sie am Stoff ihres Kleides. „Ich zieh dich aus bis auf die Haut, wenn der Schlüssel nicht auftaucht."

Sir Finley wollte dazwischengehen, aber das war nicht nötig. Amber entsann sich deutlich, daß er etwas ähnliches gerade vorhin erst mit ihr versucht hatte und war nicht bereit, es sich noch einmal bieten zu lassen. Sie versetzte Ashton eine schallende Ohrfeige und schrie:

„Finger weg, du Schwein!"

Der so Titulierte schnappte nach Luft und schien eben seinerseits zu Tätlichkeiten ansetzen zu wollen, als Lord Craven ihm in den Arm fiel. „Mister Ashton, mäßigen Sie sich. Ein solches Verhalten kann ich einer Dame gegenüber nicht dulden. Übrigens nehmen Sie vielleicht einfach den Schlüssel, der da in der Tür steckt."

Tatsächlich hatten sie vorhin bei ihrem Fluchtversuch den Schlüssel einfach im Schloß stecken lassen, in der Überzeugung, ihn nicht mehr zu benötigen. Nachdem das Problem sich so einfach hatte beheben lassen, sorgten Lord Craven und sein Handlanger Ashton dafür, daß sie sich ihrer Gefangenen sicher sein konnten und überließen sie dann ihrem Schicksal.

Licht im Fenster? Im Augenblick wäre schon Licht auf der Treppe hilfreich gewesen. Sie tasteten sich im Dunkeln die Stufen hoch. In der

Kammer angekommen, setzte sich Torrington auf den Stuhl und überließ dem Mädchen die Bettstatt. „Ich habe eine überaus mutige Tochter", stellte er fest.

„Aber ich habe versagt."

„Du hast nicht versagt. Es ist meine Schuld, wenn wir wieder hier in diesem Loch gelandet sind. Hätte ich die Fahrradkette wieder an ihren Platz bekommen, säßen wir jetzt im Zug."

„Aber wenn..."

„Hör auf, mir zu widersprechen." Er lächelte in die Dunkelheit in Richtung ihrer Stimme. „Es war eben Pech. Jetzt müssen wir etwas daraus machen."

„Licht im Fenster", sagte Amber.

„Was?"

„Edward flüsterte mir vorhin im Hof etwas zu. Aber ich habe nur verstanden: Licht im Fenster."

„Wir haben hier kein Licht", stellte Torrington pragmatisch fest. „Vielleicht hatte Craven Angst, ich könnte den Turm anzünden oder jemandem Signale geben. Jedenfalls hat er mir keine Lampe gegeben. Und da das so ist, sollten wir jetzt versuchen zu schlafen."

*

Ethan Bathurst, bereits im Mantel, stellte seinen Koffer auf der Diele ab und schickte sich an, nach dem Kutscher zu suchen, der ihn zurück zur Bahn bringen sollte, da trat Lord Craven aus dem Salon heraus. „Mister Bathurst. Ich sehe Sie reisefertig. Möchten Sie mir nicht die Ehre erweisen, mit mir zu frühstücken?"

Der Gelehrte nahm die Einladung mit gemischten Gefühlen auf. Er war ja durchaus nicht ein direkter Freund des Hausherrn, sondern nur und vor allem auf dessen Wohlwollen angewiesen. Sein Wunsch, Craven Manor zu verlassen und die Notwendigkeit der Höflichkeit hielten sich die Waage. Er wies auf sein Gepäck: „Mylord, Sie haben mir eine enge Frist zum Nachbau dieses ... Gerätes gesetzt. So gern ich noch verweilen würde, fürchte ich doch, ich würde damit kostbare Zeit vertun."

Craven grinste jovial. „Mein lieber Bathurst. Sie sind zweifellos nicht über den neuesten Stand der Entwicklung informiert. Sie brauchen das Gerät nicht mehr nachzubauen. Der Zufall hat mir ein zweites Exemplar in die Hände gespielt, genauer gesagt dasjenige, das sich im Besitz von Sir Finleys Tochter befand."

Tatsächlich hatte er sich bereits beim ersten Tageslicht von der Köchin Harriet die Kammer des Mädchens zeigen lassen, das sich hier unter falschem Namen eingeschlichen hatte und in Wahrheit Amber Torrington war. Das Durchsuchen der zurückgelassenen Habe hatte zu seiner großen Freude das zweite existierende Exemplar des - wie sollte er das Ding eigentlich nennen? Cravenphon vielleicht? - zutage gefördert.

„Haben Sie doch bei Torrington einbrechen lassen?" wunderte sich Bathurst.

„Viel besser. Amber Torrington hat es freiwillig hergebracht. Sie sehen also, es gibt gar keinen Grund mehr zu einem überstürzten Aufbruch. Lassen Sie uns also in aller Ruhe ein Frühstück einnehmen, und dann sehen wir einmal, ob die beiden Kästchen uns nicht ihr Geheimnis offenbaren, wenn wir sie zusammenbringen."

Mit einer einladenden Geste wies er auf das Eßzimmer, in welchem das Frühstück bereits aufgedeckt war.

Gegen die Mittagszeit war von Lord Cravens guter Stimmung ein erheblicher Anteil bereits wieder abhanden gekommen. Die beiden Geräte lagen, nun wieder geöffnet und teilweise zerlegt, auf einem auf dem Tisch ausgebreiteten Samttuch. Ethan Bathurst, bewaffnet mit einer Lupe und einer Pinzette, stand darübergebeugt und rückte an einzelnen Drähten und Kontakten herum.

„Ich verstehe das nicht, Mylord. Mir scheint, beide Geräte sind voll funktionsfähig. Wenn ich sie einschalte, strahlen sie ohne Zweifel eine Aetherwelle ab. Mein Kohärer zeigt das ganz eindeutig an. Aber das andere Gerät reagiert nicht."

„Sie sagten, die Schieber legen den Empfänger fest. Sind Sie sicher, daß die beiden Geräte aufeinander eingestellt sind?“

„Völlig. Sehen Sie hier, diese Verbindung kommt zustande, wenn man den ersten und dritten Hebel hochschiebt. Und zweifellos fließt ja auch Electrizität, wie man an den Gasbläschen in der galvanischen Zelle bemerkt.“

„Aber wenn die Kraft fließt, wo bleibt sie dann?“

„Das ist mir eben ein Rätsel. Es müßte funktionieren. Das andere Gerät müßte anschlagen.“ Bathurst wirkte verzweifelt.

„Müßte? Sie wollen mir ja hoffentlich nicht einreden, daß das Gerät plötzlich vergessen hat, was seine Pflicht wäre.“

Bathurst zuckte mit den Schultern. „Der Urheber dieses Mechanismus sitzt keinen Steinwurf von hier entfernt.“ Er deutete in die ungefähre Richtung des Turms, in dem er Torrington wußte. „Sie sollten ihn fragen.“

„Wie ich bereits andeutete, zeigt sich Sir Finley wenig kooperativ. Deswegen habe ich ja Sie engagiert. Um es ohne ihn herauszufinden. Und jetzt erzählen ausgerechnet Sie mir...“

„Mylord, vielleicht sollte ich nun doch abreisen...“

„Wollen Sie sich etwa vor Ihrer Aufgabe drücken? Ich wollte es eigentlich nicht erneut zur Sprache bringen müssen, was Sie und mich verbindet, Mister Bathurst.“

Bathurst richtete sich auf und blickte Craven beleidigt an. „Es war durchaus nicht meine Absicht, mich, wie Sie es auszudrücken belieben, zu drücken. Aber in meinem Laboratorium in der Stadt habe ich bessere Möglichkeiten als hier, diesem störrischen Apparat zuleibe zu rücken.“

Lord Craven seufzte und fügte sich in die Notwendigkeit. „Schön. Sie können den Zug am frühen Nachmittag erreichen. Packen Sie das Zeug hier zusammen, ich lasse Crawford derweil anspannen. Und ... ich rate Ihnen, Erfolg zu haben.“

*

Den Tee servierte Lord Craven seinen Turminsassen an diesem Nachmittag persönlich. Torrington konnte es sich nicht verkneifen, ihn mit einem gewissen Gefühl der Überlegenheit zu empfangen. „Nun, Mylord, gibt es etwa Probleme mit meiner Erfindung, oder warum sonst bemühen Sie sich persönlich in meine bescheidene Behausung?"

Inzwischen hatten er und Amber ihre Erlebnisse ausgetauscht und waren auf dem gleichen Kenntnisstand. Aus Ambers kurzer Schilderung von der Ankunft eines hageren, dunkelhaarigen Gentleman, den Seine Lordschaft eigens hatte von der Bahn abholen lassen, hatte Torrington mit großer Wahrscheinlichkeit den Privatdozenten und Gelehrten Ethan Bathurst erkannt, von welchem er durchaus die einschlägigen Gerüchte kannte, in welcher Beziehung jener zu dem Lord stand. Bathurst war zweifellos der Mann, der die Funktion des Marconiphons analysieren konnte. Cravens Drohung, er würde es auch ohne Torrington herausfinden, bekam damit ein durchaus solides Fundament. Allerdings, und Ambers mißlungener Versuch, sich selbst anzurufen, bestätigte diese Hypothese, würden sich die Geräte ohne den in Reichweite befindlichen Transscribeur nicht miteinander in Verbindung bringen lassen. Jedes sendete nur auf der Welle, die der Transscribeur aufnahm, und jedes empfing nur auf der Welle, die der Transscribeur aussendete.

Craven sah von Sir Finley zu Amber und wieder zurück und fragte sich vielleicht, was er mehr zu fürchten hatte, Torringtons Sturheit oder die Schlagkräftigkeit seiner Tochter. „Die Erforschung Ihres Mechanismus geht durchaus planmäßig voran", behauptete er schließlich. „Meine Experten haben ihn bereits vollständig analysiert."

„Ihre Experten?" ließ Amber sich vernehmen. „Das wird ja wohl kaum Ihr aus Hannibal, Caesar und Ashton bestehendes Wolfsrudel sein."

Sir Finley schenkte seiner Tochter einen anerkennenden Blick aufgrund dieser scharfzüngigen Bemerkung und setzte hinzu: „Darf ich vermuten, daß Sie den überaus genialen Mister Bathurst für die Sache begeistert haben?"

„Nachdem Sie das erraten haben", knurrte Craven. „dürfte Ihnen auch klar sein, daß das Einreichen des Patentantrags nur noch eine Sache von Tagen sein wird. Mister Bathurst hat die Apparate mit in sein Laboratorium genommen, um noch einige abschließende Messungen daran vorzunehmen. Wenn Sie also noch an der Sache beteiligt werden möchten, Sir Finley, dann dürfte das heute Ihre letzte Chance sein. In wenigen Tagen brauche ich Sie nicht mehr."

„Du solltest über das Angebot nachdenken, Vater", sagte Amber leise. „Dein Weigern verlängert nur unseren Aufenthalt in diesem Turm und ändert nichts mehr an der Sache."

„Wohl gesprochen, junges Fräulein", lobte Craven.

Was ist in dich gefahren? sagte Torringtons Blick, aber dann sah er, wie seine Tochter hinter Cravens Rücken den Finger auf den Mund legte und auffordernd nickte. Offenbar hatte sie diese Worte nicht ohne Absicht gewählt.

Er seufzte. „Geben Sie mir Bedenkzeit bis heute abend."

„Ich weiß nicht, was es da zu bedenken gibt, aber die sollen Sie bekommen."

Torrington lächelte sparsam und wies auffordernd zur Tür hin. „Da Sie für sich keine Tasse mitgebacht haben, wollen Sie offenbar nicht zum Tee bleiben?"

Craven verstand und ging. Nachdem seine Schritte verklungen waren, wandte Sir Finley sich an seine Tochter. „Was wolltest du mit der Bemerkung erreichen?"

Sie hob beschwörend die Hände: „Vater, wenn dieser Bathurst die Geräte in die Stadt mitnimmt, werden sie dort auch funktionieren. Der Transscribeur ist noch in Betrieb. Und wenn er wirklich so ein fähiger Mann ist, dann wird er nicht lange brauchen, um herauszufinden, was dahintersteckt."

„Teufel auch, du hast recht! Wie konnte ich das übersehen? Aber wir können nichts daran ändern, solange wir hier festsitzen. Und Craven wird uns erst gehen lassen, wenn er sicher sein kann, daß ich seinen Patentantrag nicht mehr verhindern kann."

„Deshalb solltest du ihm jetzt deine Bereitschaft zur Mitarbeit anbieten. Erkläre ihm heute abend, du hättest es dir überlegt und seiest willens, ihm die Konstruktionspläne aufzuzeichnen."

„Ein absurder Gedanke. Was gewinnen wir damit?“

„Er ist scharf auf die Pläne. Er wird dir eine Lampe bringen, damit du sofort anfangen kannst.“

„Und dann? Ich sehe nicht, was wir davon haben.“

„Licht im Fenster!“

Endlich begriff Torrington den Gedankengang seiner Tochter. Dieser Stallknecht Edward, ihr neuer Bekannter, hatte etwas von dem Licht gesagt. Er schien auf ihrer Seite zu stehen, hatte sogar, wenn nicht alles täuschte, Amber ihre Unschuld gerettet, Gott segne ihn dafür. Zweifellos plante er etwas und brauchte dazu das Licht als Signal. Die Frage war, wie der Hinweis gemeint gewesen war. Sollten sie im Turm ein Licht zeigen? Oder sollten sie auf ein Licht achten, das er in einem Fenster anzünden wollte? Oder bedeutete es noch etwas anderes? Er teilte seiner Tochter seine Überlegung mit: „Aber wer soll an welchem Fenster Licht zeigen? Und welchen Sinn kann das haben?“

„Ich verlasse mich auf Edward. Und was könnte uns ein Signal nützen, das er uns gibt? Wir können hier nicht heraus. Also erwartet er ein Zeichen von uns.“

„Bleibt die Frage, was es *ihm* nützt.“

„Ich schlage vor, wir probieren es einfach. Verlieren können wir nichts dabei.“

*

Lord Craven zeigte sich höchst erfreut, als er am Abend feststellte, daß die Worte des Mädchens bei dessen Vater offenbar auf fruchtbaren Boden gefallen waren. Bereitwillig stellte er, ganz wie erwartet, Papier, Schreibzeug und eine Lampe zur Verfügung. Dann ließ er sie allein.

Nachdem sie das ihnen überlassene Abendessen verspeist hatten, stellte Torrington das Tablett mit dem Geschirr auf den Boden, breitete das Papier auf dem Tisch aus und begann zu zeichnen.

„Was zeichnest du?“ fragte Amber.

„Nun, die Konstruktionspläne für das Marconiphon.“

Jetzt war es an seiner Tochter, zu zweifeln. „Aber - du willst sie ihm doch nicht wirklich überlassen?"

„Natürlich nicht. Aber so wie es aussieht, ist es nur noch eine Frage von Tagen, bis er das Patent einreichen kann. Die einzige Möglichkeit, das noch zu verhindern, besteht darin, daß ich ihm zuvorkomme." Er zuckte mit den Schultern. „Ich habe noch nie ein Patent beantragt. Aber ich gewinne Zeit, wenn die Zeichnungen schon fertig sind. Ich wollte sie mitnichten Craven in die Hände geben."

*

Nachdem Ethan Bathurst den frühen Nachmittagszug genommen hatte, war er noch rechtzeitig zur Teezeit in seiner Wohnung eingetroffen, und von Mißmut erfüllt, seiner geringen Erfolge in Craven Manor wegen, hatte er sein Gepäck zunächst in die Ecke gestellt, sich von seiner Wirtin den Tee servieren lassen und sich dann mit einer Zigarre in seinen Lehnstuhl gesetzt. Der Vorschuß, den Lord Craven ihm für seine Untersuchungen ausbezahlt hatte, brannte in seiner Tasche und reizte ihn, den Abend im Spielsalon zu verbringen. Auf der anderen Seite war da Cravens unmißverständliche Drohung, die ihn zum Erfolg verpflichtete. Während er den Tabaksqualm inhalierte, vagabundierten seine Gedanken zwischen dem Laboratorium und dem Spieltisch hin und her; ein Royal Flush auf der Hand brachte das Galvanometer zum Ausschlag und die Kombination der Schiebehebel auf Torringtons Apparat nahm die Gestalt eines Full House an. Gedankenverloren streifte er die Asche von der Zigarre. Wenn man die Resonanzspule auf die Welle des Gerätes abstimmen würde ...

Die Wanduhr schlug sechs. Zu früh für den Club, um diese Zeit würde er noch keine gleichwertigen Gegner antreffen. Er drückte die Glut aus und erhob sich. Dann holte er die beiden erbeuteten Apparate aus dem Koffer und ging damit ins Laboratorium. Warum nicht mit dem Galvanometer beginnen? Er nahm das Meßinstrument aus dem Regal, baute es auf und verband es über zwei Silberdrähte mit den Kontakten in Torringtons Mechanismus. Dann schob er die Hebel in die Stellung auf-auf-ab-auf-ab und drehte den Schalter. Er erschrak regelrecht, als die Glocke in dem zweiten Apparat daraufhin anschlug. Die ganze Zeit über hatte es nicht funktioniert, und jetzt auf einmal - was, zum Teufel, hatte er verändert? Das Anschließen des Galvanometers konnte es doch wohl nicht bewirkt haben, daß das Ding plötzlich funktionierte? Dennoch klemmte er es ab, probierte es erneut, und es ging immer noch.

Jetzt packte ihn das Jagdfieber, und der Spieltisch war mit einem Male vergessen. Er aktivierte das zweite Gerät, hörte das Ablaufen des Uhrwerks und das schabende Geräusch des Pergaments auf der Achatwalze. Es funktionierte! Es funktionierte! Als er in das erste Gerät sprach, vermeinte er tatsächlich aus dem zweiten seine Stimme zu vernehmen. Leider war dieser Eindruck subjektiv. Er hörte sich selbst sprechen und konnte nicht sicher sein, woher der Ton stammte. Vorerst konnte er nur den einen Apparat nach nebenan tragen und sich davon überzeugen, daß auch auf diese Entfernung noch das Anschlagen der Glocke zu hören war.

Er hätte einen Partner gebraucht, den er mit dem zweiten Gerät in einen Nebenraum oder noch weiter weg hätte schicken können. Jayden fiel ihm ein, der Uhrmacher. Craven hatte ihm seine Adresse und ein Empfehlungsschreiben gegeben, noch in der Annahme, daß ein kompletter Nachbau erforderlich sein würde. Das war nun zwar nicht mehr der Fall, aber Jayden war bereits mit der Sache befaßt gewesen und schien ihm somit der geeignete Mann.

Gleich sieben Uhr. Wenn er sich beeilte, konnte er Jayden vielleicht daheim antreffen. Bathurst stellte die Apparate ab, griff sich seinen Mantel und machte sich auf den Weg.

Der Uhrmacher war zuhause, aber mißtrauisch. Er verhandelte mit ihm durch den Spalt der Wohnungstür mit vorgelegter Sicherheitskette. Erst als er ihm das Schreiben mit dem Wappen Lord Cravens präsentieren konnte, wurde er zugänglicher und bat Bathurst herein.

„Ja, ich hatte den einen Apparat schon einmal geöffnet", bestätigte er. „Und ich erinnere mich, daß Lord Craven damit kurz mit Torringtons Tochter gesprochen hat. Da hat es also funktioniert. Und in Craven Manor ging es jetzt nicht?"

„Nicht die Spur! Es war wie verhext! Sie werden also meine Überraschung begreifen, als vorhin in meinem Laboratorium wieder die Verbindung entstand."

„Ich verstehe. Und jetzt brauchen Sie für Ihre weiteren Versuche natürlich eine zweite Person. Wieviel ist Seine Lordschaft für meine weitere Mitwirkung zu zahlen bereit?“

„Hören Sie, Mister Jayden, es ist jetzt nicht an der Zeit, um das Honorar zu feilschen.“

„Warum nicht? Ich habe gerade meinen Ofen angeheizt, und draußen ist es kalt. Da gehe ich nicht ohne Aussicht auf eine angemessene...“

„Seine Lordschaft wird Sie hinreichend entschädigen. Dafür verbürge ich mich.“ Jaydens Wanduhr schlug acht. Da er Uhrmacher war, würde sie vermutlich richtig gehen. Der Spielclub fiel Bathurst ein. Wenn er dort noch etwas Vergnügen haben wollte, wäre es jetzt an der Zeit gewesen, sich auf den Weg zu machen. Er wandte sich wieder an Jayden. „Außerdem müssen Sie jetzt nicht hinaus. Es genügt, wenn Sie sich morgen früh bei mir einfinden. Hier ist meine Adresse.“

*

Draußen dunkelte es, und Torrington hatte zwei Bogen Papier mit Aufrissen, Seitenrissen, Grundrissen und Schaltsymbolen gefüllt. Amber reckte sich und spähte aus dem kleinen Fenster. „Ich kann kaum die Dächer der anderen Gebäude erkennen.“

„Ich bin größer, ich sehe noch eine Ecke des Hofes.“ Er erhob sich und warf seinerseits einen Blick hinaus. „Im Herrenhaus brennt noch in mehreren Fenstern Licht.“

„Wieviel Uhr mag es sein?“

„Gegen neun Uhr abends, schätze ich. Zu früh für Heimlichkeiten irgendwelcher Art. Laß uns warten, bis drüben alle Lichter erloschen sind.“ Er setzte sich an den Tisch und machte sich daran, einen dritten und vierten Bogen zu füllen.

Amber betrachtete es mit Sorge. Wenn sie sich geirrt hatte, wenn in dieser Nacht nichts geschah, das ihre Lage verbesserte, dann würde Lord Craven am Morgen nach den Zeichnungen fragen. Und er würde aus der Anzahl der unbeschrifteten Blätter auf die Anzahl der beschrifteten schließen können. Unwahrscheinlich, daß sie sie vor ihm wirksam verbergen konnten. Sie wies ihren Vater darauf hin.

Er unterbrach seine Arbeit und legte nachdenklich den Kopf schräg. „Wir haben eine Lampe", erklärte er dann. „Wenn Craven morgen kommt, zünde ich die Pläne daran an und verbrenne sie vor seinen Augen!" Er stand auf und trat ans Fenster. „Die Lichter sind aus. Ich denke, es ist Mitternacht vorbei. Jetzt ist der Zeitpunkt gekommen. Sehen wir also, ob wir Edward richtig verstanden haben."

Er faltete die Blätter zusammen, die beschrifteten wie die unbeschrifteten, und steckte sie in seine Jacke. Dann drehte er die Flamme der Lampe etwas höher und stellte sie auf das Mauersims am Fenster.

Eine Stunde verging, ohne daß etwas geschah. Das Gleichnis von den klugen und den törichten Jungfrauen kam Torrington in den Sinn. Wenn die Lampe vor dem Morgen verlosch, weil der Brennstoff erschöpft war, würde er keine Zeichnungen damit anzünden können. Er trat zum Fenster, um die Flamme wieder kleiner zu drehen. Fast im gleichen Augenblick schlug etwas mit einem scharfen Geräusch unmittelbar neben ihm gegen die Mauer, prallte ab, fiel zu Boden und schlitterte noch ein Stück über die Dielen. Amber sprang erschrocken zur Seite, und Torrington erstarrte in nachträglichem Schauder bei der Erkenntnis, daß das Ding ihn fast getroffen hätte.

„Was war das?"

„Es ist irgendwo hier hingefallen", sagte Amber. „Leuchte mal auf den Boden."

Torrington nahm die Lampe und beugte sich nach unten. Sie fanden es schnell. Es war ein gefiederter Bolzen, wie man ihn mit einer Armbrust zu verschießen pflegte, und um den Schaft herum war stramm ein Stück Papier gebunden. Der Absender dieser Luftpost hatte feste Knoten geknüpft, damit der Zettel unterwegs weder verloren ging noch den Flug behinderte, und es gelang Amber nur mit den Zähnen, sie schließlich zu lösen. Sie entrollten die Botschaft. Es war eine grobe, ungeübte Schrift in Blockbuchstaben:

ICH HAB EIN SCHLÜSEL VON BLEK. MACH DIE KUTTSCHE FERTIK. BRUACH NOCH EIN STUNDE ETTWA. HOHL EUCH DAN. EDWARD

„Edward!" rief Amber erfreut. „Ich hatte recht!" Sie lächelte säuerlich: „Seine Rechtschreibung allerdings..."

Torrington legte ihr eine Hand auf die Schulter. „Sei nicht so kritisch mit ihm. Es ehrt ihn, daß er überhaupt lesen und schreiben kann. Als Stallbursche wird er wenig Gelegenheit gehabt haben, diese Kunst zu kultivieren. Außerdem - wer weiß, ob unser Ministerium für Kultur und Sprache nicht eines Tages diese Art der Rechtschreibung für verbindlich erklärt, weil die meisten es ohnehin nicht besser verstehen."

Er nahm den Zettel mit Edwards Botschaft, hielt ihn an die Flamme der Lampe und ließ ihn dann auf dem steinernen Fenstersims verbrennen. „Wir wollen deinen Edward nicht kompromittieren."

„Es ist nicht mein Edward." Im Schein der Lampe war nicht zu erkennen, daß sie im Gesicht rot wurde.

Torrington sah nachdenklich zu, wie die Botschaft zu Asche zerfiel. „Na, meiner ist es jedenfalls auch nicht."

„Eine Stunde", überlegte Amber mit erkennbarer Besorgnis in der Stimme. „Meinst du, er schafft es? Wenn er wirklich die Kutsche bereit macht, wird das nicht ohne Geräusche abgehen. Wie, wenn man ihn dabei erwischt?"

Sir Finley atmete tief. „Wir werden es abwarten müssen. Der Plan ist zweifellos dreist. Und wenn er dabei auffliegt, werden wir keine zweite Chance bekommen, denn außer ihm haben wir hier keinen Verbündeten", sagte er ernst.

„Soll ich beten?"

Er antwortete nicht, aber seine Handbewegung sagte so etwas wie: Ich stelle anheim.

*

Ohne Zugriff auf eine Uhr war es schwierig zu schätzen, wann eine Stunde verstrichen war. Auch in den Nächten zuvor hatte Torrington niemals eine Uhr schlagen hören, offenbar gab es im Umkreis von Craven Manor keine Kirchturmuhr, die die Stunden zählte. Dennoch lauschte er in die Dunkelheit. Einmal hörte er ein Pferd schnauben, aber ansonsten drang kein Geräusch herauf. Wenn Edward da unten tatsächlich ihre Flucht vorbereitete, dann tat er es jedenfalls mit großer Vorsicht. Das erklärte auch, warum er dafür eine ganze Stunde veranschlagt hatte.

Klack! Ein zweiter Bolzen schlug gegen die Mauer und landete im Zimmer. Amber bückte sich danach. „Keine Botschaft diesmal", stellte sie erstaunt fest.

Ihr Vater korrigierte sie: „Eine Botschaft durchaus, nur keine geschriebene. Das soll zweifellos heißen, er ist soweit. Also los!"

Er ließ seinen Blick noch einmal in die Runde schweifen, ob er vielleicht etwas übersehen hatte, das ihnen zum Nachteil gereichen konnte, fand aber nichts. Die Pläne? In der Tasche. Die Lampe? War hier oben nicht mehr nötig, konnte ihnen aber den Abstieg auf der Wendeltreppe erleichtern. Er ergriff sie und eilte voran, Amber folgte ihm die Stufen hinunter.

Sie hatten eben die Tür erreicht, als sich darin der Schlüssel drehte und sie von außen geöffnet wurde. Im Licht der Flamme erkannten sie Edward. Amber versagte es sich, ihn in die Arme zu schließen, sagte nur: „Danke, Edward."

„Guten Abend, Sir Finley", flüsterte der Junge. „Oder schon guten Morgen? Diesmal wird es klappen. Diesmal nehmen Sie die Kutsche, dann kann Sie niemand verfolgen. Drehen Sie die Lampe klein, Sir. Und leise. Bislang ist niemand aufmerksam geworden."

Er führte sie über den Hof zur bereitstehenden Karosse. Dort schob er Amber in die Kabine und bedeutete Torrington, auf den Kutschbock zu klettern. Er folgte ihm, setzte sich daneben und ergriff die Zügel. Sein „Hüa!" war so leise, daß die Pferde es vermutlich nicht einmal hören konnten, aber das Schlenkern der Zügel sagte ihnen, daß es losgehen sollte, und sie setzten sich in Bewegung.

In der Kabine stieg Amber ein Duft von Lavendel in die Nase. Als sie über den benachbarten Sitz tastete, stand da ihr Gepäck. Edward hatte es offenbar aus ihrer Kammer geholt. Einschließlich des Duftstraußes. Dann gab es einen Ruck, und die Kutsche fuhr an.

Bis zum letzten Augenblick hatte Torrington erwartet, daß der Hufschlag und das Rumpeln der Räder das ganze Anwesen aufwecken würden, aber man hörte fast nichts, bis auf ein vereinzeltes Quietschen der Federung. Er begriff. Edward hatte eine Menge Mühe darauf verwendet, die Hufe ebenso wie die Räder mit Lappen zu umwickeln, um das Geräusch zu dämpfen. Selbst beim Überqueren der Brücke gab es nur ein sehr dumpfes Poltern.

„Ich fahr eine Meile mit, dann helf ich Ihnen noch, die Lappen abzumachen. Den Rest müssen Sie allein fahren. Ich muß zurück, sonst fällt mein Verschwinden auf.“

Torrington nickte nachdenklich. „Warum helfen Sie uns, Edward?“

Edward zögerte. „Muß ich darauf antworten, Sir?“ fragte er verlegen.

„Wenn Sie nicht mögen, müssen Sie nicht.“

Da er keine Antwort auf seine Frage erhielt, war es an Sir Finley, seine eigenen Folgerungen zu ziehen.

„Mir scheint, Sie sind ein guter Armbrustschütze“, stellte er schließlich fest.

„Mittelmäßig.“ Edward lächelte. „Auf dem Schützenfest letztes Jahr fehlten mir zwei Punkte zum Schützenkönig.“

Nach einer Weile hielt der Junge die Pferde an. „So, wir sind weit genug weg. Nehmen Sie sich die Räder vor, ich nehm die Hufe. Die Pferde kennen mich, da ist es einfacher.“

Amber hatte von der Unterredung auf dem Kutschbock nichts verstanden, aber daß jetzt die Lappen abgewickelt werden mußten, war ihr auch so klar. Damit konnte man keine größere Strecke zurücklegen. Sie spähte aus dem Fenster und sah den Lichtpunkt der Laterne hin und her wandern.

Schließlich öffnete jemand von außen die Tür. Es war Edward. „Ab hier fahrt ihr allein. Ich hab deinem Vater gesagt, er soll gleich bis in die Stadt fahren. Dann seid ihr schneller da, als wenn ihr auf den ersten Zug wartet.“ Er machte eine kurze Pause. „Leb wohl, Amber.“

„Edward, ich…" Sie sprach nicht weiter, weil er dann gemerkt hätte, daß ihr die Tränen kamen.

Er ergriff ihre Hand und hauchte ihr einen Kuß auf die Fingerspitzen. „Wir sehen uns wieder, Amber."

Dann entglitt ihr seine Hand, die Tür wurde zugeschlagen. „Alles Gute, Sir Finley", hörte sie Edward rufen. Die Kutsche ruckte an. Diesmal war es wieder das gewohnte Geräusch, als die Räder über den festgefahrenen Boden des Weges knirschten. Amber griff nach dem Lavendelstrauß und steckte die Nase hinein. *Steh auf, Nordwind, und komm, Südwind, und wehe durch meinen Garten, daß der Duft seiner Gewürze ströme! Mein Freund komme in seinen Garten und esse von seinen edlen Früchten.* Sie errötete ob dieser Gedanken, sog den Lavendelduft ein und weinte still.

*

Als sie die Stadt erreichten, war der Tag bereits angebrochen. Torrington wußte nicht, was er den Pferden abverlangen konnte, und hatte sie, nachdem sie Dalston Junction hinter sich gelassen hatten, lieber durch ein gemächlicheres Tempo geschont, obwohl ihm die Zeit auf den Nägeln brannte. Angekommen, lenkte er die Karosse nicht direkt zu seinem Haus, sondern zur benachbarten Fabrik, gerade zu dem Zeitpunkt, da die Arbeiter zur ersten Schicht erschienen. Er sah sich, oder besser: das Fuhrwerk, einer Reihe verwunderter Blicke ausgesetzt, als er die Bremse festzog und vom Bock stieg. Jetzt hatte er erstmals die Gelegenheit, die Kutsche bei Tageslicht zu betrachten. Alle Wetter! Da war er tatsächlich die ganze Zeit mit dem gräflichen Wappen derer von Craven in der Gegend herumgefahren. Kein Wunder, daß die Fabrikarbeiter große Augen machten.

„Sir Finley!" Einer hatte ihn erkannt. „Was machen Sie denn hier mit diesem…?"

„Guten Morgen, mein Bester. Leider ist keine Zeit für Erklärungen. Ich muß sofort den Besitzer sprechen, Mister Sutherland."

„Ich weiß nicht, ob der schon da ist. Gehen Sie immerhin hinein."

Torrington eilte zum Kontor des Fabrikanten und fand es verschlossen. Sutherland stand wohl später auf als seine Arbeiter. Er wartete eine Weile mit steigender Ungeduld, dann beschloß er, ohne Rücksprache Hand anzulegen. Mit großen Schritten hastete er zur hinteren Fabrikhalle, wo die Dampfmaschine stand, die den Transscribeur mit Kraft versorgte. Es tat ihm fast in der Seele weh; diese Maschine hatte hier jetzt seit einigen Monaten getreu ihren Dienst verrichtet, aber nun mußte er sie abstellen. Er schloß das Ventil für die Gaszufuhr. Der Brenner erlosch. Noch lief das Schwungrad, im Kessel befand sich noch ein Vorrat an gespanntem Dampf. Das dauerte ihm zu lange. Er betätigte den Handhebel neben dem Sicherheitsventil und entließ den Dampf ins Freie. Es zischte vernehmlich, und weiße Schwaden erfüllten die Halle. Das Rad vollführte ein letzte, unwillige Drehung und blieb stehen. In diesem Augenblick also würde der oben am Schornstein angebrachte Transscribeur seine Funktion einstellen. Hoffentlich noch rechtzeitig.

Auf dem Rückweg traf er den inzwischen eingetroffenen Sutherland an. Er konnte ihm die Zusammenhänge nicht im Detail erklären, sagte ihm nur, daß er die Dampfmaschine aus technischen Erfordernissen heraus hatte abstellen müssen. „Ach, und dann hätte ich noch eine Bitte.“

„Wenn ich sie Ihnen erfüllen kann?“

„Ich hatte mir die Kutsche von Lord Craven ausleihen müssen. Sie steht draußen vor dem Tor...“

„Ich habe sie bemerkt“, versetzte Sutherland. „Sie also sind damit gekommen.“

„Ja. Leider sehe ich mich im Augenblick nicht in der Lage, sie wieder zurückzubringen. Sie unterhalten ja selbst einen Fuhrpark. Könnten Sie einen ihrer Fuhrleute beauftragen, die Pferde zu versorgen, ihnen ein paar Stunden Ruhe zu gönnen und das Fuhrwerk dann nach Craven Manor zurück zu kutschieren? Ich bezahle natürlich für Ihre Unkosten.“

„Das läßt sich gewiß einrichten“, versicherte der Fabrikant.

Nachdem dies geklärt war, kehrte Torrington zurück auf die Straße. Amber war inzwischen ausgestiegen und vertrat sich die Beine. Er erklärte ihr, was er erreicht hatte. Ein Mann im Arbeitsanzug kam aus dem Fabriktor und trat auf sie zu. „Sir Finley? Mister Sutherland hat mich beauftragt, mich dieses ... Fahrzeugs anzunehmen." Irritiert betrachtete er das Wappen auf der Tür der Kabine.

„Sehr gut. Warten Sie nur noch einen Augenblick. Ich möchte Sie bitten, wenn Sie damit nach Craven Manor kommen, Seiner Lordschaft eine Depesche zu übergeben."

Er nahm eines der noch unbeschriebenen Blätter aus der Tasche und warf mit Bleistift ein paar Zeilen darauf:

Seiner Lordschaft, Earl Stewart of Craven. Eure Lordschaft waren so freundlich, mir über mehrere Tage Ihre Gastfreundschaft zu gewähren. Zu meinem großen Bedauern riefen mich unaufschiebbare Geschäfte nunmehr in die Stadt zurück. In der festen Überzeugung, Ihre Großzügigkeit damit nicht zu überfordern, habe ich mir erlaubt, mir für diesen Tag Ihre Kutsche auszuleihen. Ich bin zuversichtlich, daß sie Ihnen in diesem Augenblick unbeschädigt zurückerstattet worden ist. Ich bitte untertänigst, die Ihnen dadurch möglicherweise entstandene Unbequemlichkeit zu entschuldigen. Anfügen möchte ich die herzlichen Grüße meiner Tochter Amber, die übrigens mitteilen läßt, daß sie auf den Lohn, der ihr aus ihrer Tätigkeit in Ihrer Küche zustehen würde, zu verzichten bereit ist. Ihr ergebenster: Sir Finley Torrington. Post Scriptum: Ein freundschaftlicher Hinweis: Ehe Sie die Kutsche zur Beförderung weiterer Gäste von Stand einsetzen, sollten Sie die Polster reinigen lassen. Es befinden sich Hundehaare darauf.

6. Wettlauf

Als Jayden das Haus betrat, das ihm die Visitenkarte Bathursts als dessen Adresse ausgewiesen hatte, wurde er im Treppenhaus von einer resoluten Wirtin mit Kopftuch und karierter Schürze abgefangen, die eben dabei war, die Stiege zu kehren. Sie schien eine eigene Technik dafür anzuwenden, die eine Stufe von links nach rechts, die andere von rechts nach links, jeweils den Kehrichthaufen vor sich her schiebend, welcher dabei der Logik zufolge von Stufe zu Stufe größer werden mußte. Jayden sah ihr gefühlte zehn Minuten dabei zu, ohne daß sie ihn zur Kenntnis genommen hätte. Schließlich schickte er sich an, einen Fuß auf die erste Stufe zu setzen. Das löste tatsächlich eine Reaktion bei der Frau aus, wenn auch eine unerwartete. Sie verstellte ihm den Weg, etwa in der Art, wie die Wache vor dem königlichen Palast einem unerwünschten Besucher entgegentrat, nur mit ihrem Besen anstelle der dort gebräuchlichen Hellebarde. „Haben Sie die Füße abgetreten - Sir?“

Jayden fühlte sich überrumpelt, sah schuldbewußt nach unten auf seine Schuhe und trat dann zurück zur Fußmatte, um das Versäumte nachzuholen. Das löste das Problem indessen nicht vollständig. „Zu wem wollen Sie überhaupt?“

„Zu Mister Bathurst.“

„Der Herr Professor ist nicht zu sprechen!“ behauptete die Frau.

Jaydens Ungeduld wuchs, zumal er von Bathurst eigens herbestellt worden war und er außerdem nicht einsah, warum er einer Treppenpflegerin Rede und Antwort stehen sollte. „Lassen Sie mich vorbei. Ich bin mit Mister Bathurst verabredet.“

„In welcher Angelegenheit?“

Am Ende seines Geduldsfadens angelangt, erhob er die Stimme. „Ich finde, es genügt, wenn Mister Bathurst und ich wissen, weshalb wir verabredet sind. Sind Sie seine Gouvernante? Ich bin Ihnen keine Rechenschaft schuldig. Und nun geben Sie den Weg frei!“

Er hatte Wind gesät, und er erntete Sturm. „Wer sind Sie, daß Sie sich erdreisten, mir Befehle zu erteilen?" keifte die Matrone. „Dies ist ein anständiges Haus, in dem nicht jeder Hergelaufene Zutritt hat. Der Herr Professor ist spät heimgekommen und steht nicht vor Mittag auf." Furchterregend fuchtelte mit ihrem Putzwerkzeug vor Jaydens Nase herum, so daß er unwillkürlich zurückwich. „Und jetzt hinaus mit Ihnen!"

In der Tür im ersten Stockwerk erschien, angetan mit übernächtigten Zügen und einem flüchtig übergeworfenen Morgenmantel, Ethan Bathurst persönlich und strafte die Behauptung seiner Wirtin, er stehe nicht vor Mittag auf, lügen. „Was'n das für'n Lärm hier?" erkundigte er sich schlaftrunken.

Die Wirtin wies anklagend mit dem Besenstiel auf Jayden. „Dieses Subjekt hat es gewagt..."

„Mister Jayden!" erkannte Bathurst. „So früh hatte ich Sie nicht erwartet." Er fuhr sich mit der Hand über die kleinen Augen. „Aber da Sie schon mal da sind, kommen Sie rein."

„Aber, Herr Professor..."

„Lassen Sie's gut sein, Mrs. Maddison. Das ist schon in Ordnung."

Mit einem gewissen Gefühl des Triumphes schritt Jayden an der Furie vorbei, nicht ohne dabei versehentlich in den Kehrichthaufen zu treten.

„Ich war in der Tat spät im Bett", erklärte Bathurst, während er die Tür hinter seinem Besucher schloß. „Trinken Sie einen Kaffee mit mir?"

Tatsächlich hatte Bathurst bis nach Mitternacht einen höchst anregenden Abend im Spielsalon verbracht, im Verlaufe dessen ihm die Glücksgöttin Fortuna, wie bei schönen Frauen üblich, erst verführerisch gelacht und dann die kalte Schulter gezeigt hatte, oder in Zahlen ausgedrückt: Zwanzig Pfund Schulden. Bathurst gehörte allerdings zu denjenigen notorisch Abhängigen, die daraus keine Lehre zogen, sondern davon ausgingen, am nächsten Abend ein Vielfaches davon zurückzugewinnen.

„Einen ... Kaffee?“ Offenbar hatte Jayden von dem erwähnten Getränk noch nichts gehört.

„Probieren Sie ihn einfach.“ Er riß die Wohnungstür auf. „Mrs. Maddison, seien Sie so gut, und kochen Sie für mich und meinen Besuch einen starken Kaffee.“

„Dieser Türkentrank ist Gift für Sie, Herr Professor.“

„Papperlapapp. Sie sehen doch, daß ich immer noch lebe. Ich bezahle Sie nicht für gute Ratschläge.“

„Apropos Bezahlung. Ihre Miete für diesen Monat...“

„Bekommen Sie morgen. Mister Jayden und ich arbeiten gerade an einem gut bezahlten Auftrag.“ Er verschwieg, daß er den auf den Auftrag erhaltenen Vorschuß bereits auf den Kopf gehauen hatte. Vermutlich unterschlug er seiner Wirtin diesen Umstand nicht einmal willentlich, er hatte es tatsächlich bereits vergessen.

Er führte Jayden in sein Laboratorium, wo auf einem Tisch die beiden Marconiphone lagen. „Ah“, machte der Uhrmacher, „und die Dinger funktionieren jetzt erwartungsgemäß?“

„Wie ich schon sagte.“ Er setzte sie in Betrieb und ließ sie sich miteinander in Verbindung setzen. Die Glocke im zweiten Gerät erklang. „Sehen Sie? Ich möchte Sie lediglich bitten, einmal mit dem einen Apparat nach draußen zu gehen, um zu sehen, ob die Sprache übertragen wird.“

„Wenn's weiter nichts ist...“

Die Tür ging auf. Offenbar besaß Mrs. Maddison einen Schlüssel und scheute sich nicht, ihn zu benutzen. „Ihr Kaffee, Herr Professor.“

„Vielen Dank. Stellen Sie's da hin.“

Mrs. Maddison stellte das Tablett ab, machte aber keine Anstalten, sich zu entfernen. Ihre flinken Augen examinierten das Zimmer, womit sich wohl der Professor und sein Besucher beschäftigten.

„Sie können gehen!“ Mit einer Handbewegung scheuchte er sie hinaus, und sie wich widerwillig.

Bathurst schenkte eine schwarze Brühe in zwei winzige Tassen ein und schlürfte genußvoll einen ersten Schluck.

„Aah!" Das angebliche Gift schien ihm augenblicklich gut zu tun; seine Gesichtszüge erhellten sich.

Jayden schnupperte argwöhnisch an der Tasse. „Das ist also Kaffee?"

„Eine anregende Medizin, die die Müdigkeit bekämpft", erläuterte Bathurst bereitwillig. „Sie stammt aus dem Bezirk Kaffa in Abessinien. Abd al Kadir berichtet von einem Derwisch namens Ali ben Omar, der der Liebe zu einer Prinzessin wegen in die Wüste verbannt wurde. Dort fand er den Kaffeestrauch. Der Genuß der Früchte verlieh ihm unerwartete Kräfte, so daß er zurückkehren und die Prinzessin für sich gewinnen konnte."

Jayden probierte - und schüttelte sich. „Brr! Sind Sie sicher, daß es kein Rattengift ist?"

Bathurst schob ihm lächelnd eine Porzellandose hin. „Wenn er Ihnen zu bitter ist, können Sie Zucker nehmen", erklärte er.

*

Der Kaffeegenuß, giftig oder nicht, verzögerte jedenfalls den Beginn des vorgesehenen Experimentes noch einmal um eine halbe Stunde. Endlich wandten sie sich wieder den Torringtonschen Apparaten zu. „Passen Sie auf. Sie nehmen jetzt dieses Gerät und gehen damit ins Treppenhaus - ach nein, besser auf den Hof, sonst erregen wir nur wieder den Unmut der guten Mrs. Maddison. Dann werde ich mich mit Ihnen in Verbindung setzen. Wenn die Glocke bei Ihnen ertönt, drehen Sie diesen Knebel nach links. Danach sollten wir miteinander sprechen können. Verstanden?"

„Natürlich. Ich darf Sie erinnern, daß ich das Gerät bereits einmal in Betrieb gesehen habe", versetzte Jayden etwas pikiert.

Bathurst tat, als habe er es nicht bemerkt. „Dann ist ja alles bestens."

Er trat ans Fenster und sah auf den Hof hinunter, bis er Jayden dort auftauchen sah. Dann stellte er die Verbindung her. Er konnte erkennen, wie der Uhrmacher weisungsgemäß den Schaltknebel betätigte. „Nun Mister Jayden? Können Sie mich hören? - Mister Jayden? Hallo? Mister Jayden, hören Sie mich?“

Er schüttelte den Apparat, aber dieser gab keinen Ton von sich. Verdammt!

Einige Minuten später erschien der Uhrmacher wieder bei ihm. „Ich habe nichts gehört, Mister Bathurst.“

„Wie - nichts?

„Nun, die Glocke erklang, und ich habe hier dran gedreht. Dann hörte ich ein kurzes Kratzen und Knistern, und dann war nichts mehr!“

„Sie Narr! Was haben Sie getan? Sie haben den Apparat beschädigt!“

„Gewiß nicht, Mister Bathurst. Ich habe mich nur genau an Ihre Anweisung gehalten.“

„Zeigen Sie mal her. Haben Sie diesen Knebel vielleicht nicht weit genug ... nein. Ist das Uhrwerk abgelaufen?“ Er drehte an der Kurbel, brachte sie aber nur zwei Rasten weit. Dann überprüfte er sein zurückbehaltenes Gerät, aber ebenfalls ohne Erfolg.

„Vielleicht ist die galvanische Zelle erschöpft?“ schlug Jayden vor.

„Ausgeschlossen. Aber ich werde es überprüfen.“ Er öffnete das Kästchen mit fliegenden Fingern und schloß das Galvanometer an. „Nein“, stellte er fest, „die ist in Ordnung.“

Einige erfolglose Experimente später stand fest, daß die geheimnisvollen Kästchen vorerst ihren Dienst eingestellt hatten und durch keinen Trick noch einmal zum Leben erweckt werden konnten.

Eben noch hoffnungsfroh, Lord Craven von einem Durchbruch berichten zu können, mußte Bathurst nun einsehen, daß er seinem Auftraggeber würde eine schwere Enttäuschung bereiten müssen. Eine überaus schmerzliche Enttäuschung. Vor allem schmerzlich für ihn selbst. Den Vorschuß verspielt, mit der Miete im Rückstand, zwanzig Pfund Schulden im Club, von denen bei Craven ganz abgesehen. Entweder hatte er heute abend ein verdammt gutes Blatt auf der Hand, oder er konnte sich erschießen. Und auch das nur, wenn man im Waffengeschäft bereit war, ihm eine Pistole auf Kredit zu verkaufen.

Sir Finley Torrington ebenso wie seine Tochter fühlten sich, als sie an diesem Morgen endlich wieder ihre heimatlichen vier Wände um sich hatten, rechtschaffen müde. Während Amber sich tatsächlich in ihr Bett legte, trieb ihren Vater die Sorge um, durch Schlaf kostbare Zeit zu verlieren. Er war überzeugt, daß es zu einem Wettrennen zwischen ihm und Craven respektive Bathurst kommen würde, nein, daß dieses Wettrennen eigentlich schon im Gange war. Die Chance, dem Lord durch eine Veröffentlichung seiner Erfindung zuvorzukommen, war mit Null anzusetzen. Das Begutachtungsverfahren eines Artikels in The Annals For Scientific And Technological Improvement Of The Royal Society dauerte seiner Erfahrung nach ein dreiviertel Jahr, und soviel Zeit hatte er nicht mehr.

Er breitete die Papiere mit den bereits angefertigten Zeichnungen aus, strich sie glatt und setzte zu einer Niederschrift der Funktionsbeschreibung an. Weit kam er nicht. Nach einer ungefähren halben Stunde fielen ihm die Augen zu, er sank mit dem Kopf auf das Papier, die Schreibfeder entglitt seiner Hand, rollte über das begonnene Dokument und hinterließ eine häßliche Spur von Tinte darauf.

So fand ihn Amber gegen Mittag vor. Die verschmierte Tinte neben Torringtons Kopf erinnerte sie an einen Blutfleck, ließ sie erschrecken und nach den vorangegangenen Erlebnissen an eine Gewalttat glauben. Sie faßte nach ihm und rüttelte ihn an der Schulter. „Vater! Vater, was ist passiert?“

Müde hob er den Kopf. „Hm? Oh, ich bin eingeschlafen“, erkannte er.

Amber atmete auf. „Ich hatte befürchtet, Lord Craven sei hier gewesen und habe dich niedergeschlagen.“

„Lord Craven hat wohl einen miesen Charakter, aber er ist ein Gentleman. So etwas würde er nicht tun. Wie spät ist es?“

„Zwei Uhr nachmittags. Du hast übrigens Tinte auf der Wange.“

„Zwei Uhr...“ überlegte er.

„Soll ich ein Mittagessen kochen?“

Er lächelte gerührt. „Du treusorgendes Kind. Nein, aber du könntest mir einen anderen Gefallen tun. Geh zum Patent Bureau und lasse dir ein Antragsformular geben. Oder besser zwei, ich werde mich bestimmt verschreiben. Ich kenne mich mit diesen Dingern nicht aus. Ich versuche indessen, mit dieser Beschreibung weiterzukommen.“

„Wo ist denn das Patent Bureau?“

„Ich habe diese Einrichtung bisher gemieden, wie du weißt, aber ich glaube, es ist in der Williams Lane. Wenn nicht, mußt du jemanden fragen.“

*

Der zuständige Beamte im Imperial Patent Bureau trug einen Backenbart sowie eine respekteinflößende blaue Uniform mit steifem Kragen und goldenen Knöpfen, so daß die sonst nicht auf den Mund gefallene Amber ihre Stimme ganz von selbst auf pianissimo zurücknahm. „Guten Tag, Sir“, hauchte sie.

„Sind Sie sicher, junges Fräulein, daß Sie hier richtig sind?“ erkundigte sich der Beamte mit angehobenen Augenbrauen. „Dies ist das Patent Bureau.“

„Doch. Das ist schon richtig. Ich möchte bitte zwei Antragsformulare zum Anmelden einer Erfindung.“

„Was haben Sie denn Schönes erfunden, junge Dame?“ Es klang jetzt deutlich so, als ob er sie nicht ernstzunehmen bereit war.

„Ich nicht. Mein Vater möchte etwas anmelden.“

„Dein Vater? Wie ist dein Name?“

„Amber Torrington. Ich bin die Tochter von Sir Finley Torrington.“

Wenn sie gehofft hatte, der Name ihres Vaters, der schon einige Dutzend Erfindungen veröffentlich hatte, würde den Mann zu einer Korrektur seiner Einstellung ihr gegenüber veranlassen, so sah sie sich getäuscht. „Torrington? Nie gehört.“

Der Beamte interessierte sich nicht für Erfindungen. Er verwaltete sie nur. Und da ihr Vater nie ein Patent angemeldet hatte, war ihm der

Name logischerweise noch nie begegnet. Sie seufzte innerlich. „Nun, jedenfalls möchte ich zwei Antragsformulare."

„Für ein Patent oder für ein Gebrauchsmuster?"

Jetzt wäre es an ihr gewesen, ‚nie gehört' zu sagen. „Was ist der Unterschied?" fragte sie arglos.

„Die Erfindungshöhe. Als Gebrauchsmuster kann eine besondere Anordnung oder Gestaltung eines schon bekannten Gebrauchsgegenstandes angemeldet werden, die den Gebrauchszweck fördert. Als Patent kann man eine Erfindung anmelden, die ihrem Wesen nach neu und gewerblich verwendbar ist. Sie muß den Stand der Technik wesentlich verbessern und das Können eines Durchschnittsfachmannes übersteigen. Der Antrag ist zweifach einzureichen und besteht aus dem amtlichen Vordruck, der Beschreibung der Erfindung, den Patentansprüchen und den Aktenzeichnungen. Unter Umständen ist eine Gebrauchsmusterhilfsanmeldung denkbar, mit der man den gleichen Gegenstand sowohl als Patent als auch als Gebrauchsmuster anmeldet. Soll die Eintragung des Gebrauchsmusters nicht vor der Entscheidung über die Patentanmeldung erfolgen, so kann der Anmelder beantragen, daß die Eintragung in die Gebrauchsmusterrolle erst vorgenommen wird, wenn die Patentanmeldung erledigt ist. Für die Gebrauchsmusterhilfsanmeldung sind zwei weitere Stücke des Patenterteilungsantrags und je ein drittes Stück der Beschreibung der Patentanmeldung, der Patentansprüche sowie der Aktenzeichnungen der Patentanmeldung einzureichen. Hierbei ist zu beachten, daß für die Gebrauchsmusterhilfsanmeldung in jedem Fall eine Zeichnung einzureichen ist, auch wenn zur Patentanmeldung keine Zeichnung eingereicht worden ist."

Amber schluckte trocken. Vergessen Sie's, lag ihr auf der Zunge, und am liebsten wäre sie einfach umgekehrt und hinausgerannt. Aber damit wäre sie ihrem Vater in den Rücken gefallen, und so rang sie sich eine Antwort ab. „Dann geben Sie mir bitte zwei Formulare für ein Patent und zwei für ein Gebrauchsmuster."

„Wie Sie wünschen, junges Fräulein." Seinem Tonfall war durchaus zu entnehmen, daß er sich über ihre Naivität amüsierte. „Das macht eine

Gebühr von Sixpence für jedes Formular, zusammen also zwei Schilling."

Es fühlte sich so überaus unwirklich an. Noch keine vierundzwanzig Stunden zuvor hatten sie in Craven Manor im Turm gefangen gesessen, hatten eine Laterne erschwindeln müssen, damit Edward ein Ziel für seine Armbrust fand, hatten Lord Cravens Kutsche entwendet um zu fliehen - und nun stand sie hier in einem verstaubten Bureau diesem verstaubten Beamten gegenüber, mußte sich von ihm verstaubte Vorschriften anhören als seien diese der Dreh- und Angelpunkt der Welt, und er machte sich auch noch über sie lustig. Als sei sie wie in einem Märchenbuch durch ein verzaubertes Portal in ein Reich des aufregenden Abenteuers getreten, wo sie als Heldin gegen Hexen und Ungeheuer gekämpft und ihre große Liebe gefunden hatte, und nun war sie zurückgekehrt in die profane Realität, und jene andere Welt war nur ein Traum gewesen.

Amber kramte ihre Geldbörse hervor, legte den geforderten Betrag hin und erhielt vier mehrseitig ineinander gelegte Dokumente.

*

Ethan Bathurst lief in seinem Laboratorium auf und ab und bekämpfte die Anwandlung, die beiden widerspenstigen Geräte aus dem Fenster werfen zu wollen. Schließlich kam ihm doch noch ein produktiver Gedanke. Ursprünglich hätte er ja den Auftrag gehabt, eines der Geräte nachzubauen. Er beschloß, dies wenigstens ansatzweise nun doch zu probieren, in der Hoffnung, dabei ein womöglich übersehenes Detail zu entdecken, falls es denn eines gab. Fürs erste würde es vielleicht genügen, den Empfangsteil nachzubilden, dann könnte er damit sehen, ob eine Aetherwelle beim zweiten Gerät ankam.

Er nahm sich eine Lupe zur Hand, um die Windungszahlen der von Torrington eingebauten Luftspulen nachzuzählen. Jede Spule war eng gewickelt und die Gefahr des Verzählens war groß. Daher nahm er eine feine Feder zur Hand und markierte zunächst jede zehnte Windung mit einem Tintenstrich. Dadurch fiel ihm endlich auf, daß die eine Spule eine Windung mehr hatte als die andere. Hatte womöglich Torrington sich bei der Herstellung seinerseits verzählt? Er kontrollierte das zweite

Gerät und fand dort den gleichen Unterschied der Windungen. Das konnte kein Zufall sein!

Professor Thomson, der ein wirklicher Professor war und nicht, wie Bathurst, nur von seiner Wirtin so genannt wurde, hatte eine mathematische Formel angegeben, um aus der Windungszahl auf die Welle zu schließen. Verstanden hatte Bathurst die Formel nie, aber er konnte sie anwenden. Das genügte immerhin, um ihm die Erkenntnis aufgehen zu lassen, daß diese Geräte auf zwei verschiedenen Wellen sendeten und empfingen. Wie sollten sie sich dann aber gegenseitig verstehen?

Zusammen mit der schon gegenüber Lord Craven geäußerten Vermutung, die Reichweite dieser Apparate müsse sehr klein sein, kam Bathurst endlich die Erleuchtung. Diese Dinger benötigten einen Verstärker! Eine Relais-Station, die irgendwo an einer exponierten Stelle die schwache Welle des einen Gerätes aufnahm und mit frischer Kraft auf einer zweiten Welle an das andere weiterleitete. Zweifellos hatte Torrington so ein Relais irgendwo installiert. Bathurst frohlockte. Der Erfolg rückte wieder in Reichweite. Unklar war ihm nur, warum dieser Verstärker heute in den Morgenstunden plötzlich seine Funktion eingestellt hatte.

*

Unterdessen studierten Torrington und Amber die Formulare, die sie für die Patentanmeldung erhalten hatten. Da sie nun von jeder Sorte zwei Exemplare besaßen, konnten sie sie parallel lesen und sich beraten. Sir Finley gab viel auf die Intelligenz seiner Tochter, und was diese Formblätter betraf, so war er damit ebenso unbewandert wie sie, also hatte er ihr Angebot, ihm beim Verständnis so gut als möglich behilflich zu sein, dankbar angenommen.

Wenigstens die Personalien des Anmelders waren unstrittig. Danach wurde es schon schwierig.

„Bezeichnung der Erfindung", verlas Torrington den Titel der nächsten Rubrik.

„Marconiphon", schlug Amber vor.

„Ich glaube, das ist nicht gemeint. Das ist ein Name, keine Bezeichnung im technischen Sinne. Aus der Bezeichnung müßte hervorgehen, was das Ding macht. Dampfmaschine wäre ein Name. Die technische Bezeichnung könnte lauten: Maschine zur Umwandlung der Kraft gespannten Dampfes in eine Drehbewegung.“

„Was also macht das Marconiphon?“ fragte das Mädchen. „Es überträgt Sprache. Und man kann einstellen, mit wem man sprechen möchte.“

„Das ist gut“, freute sich Torrington. „Schreiben wir also: Gerät zur drahtlosen Übertragung von Sprache an auswählbare Empfänger.“

„Daraus geht aber nicht hervor, daß der andere auch antworten kann.“

„Stimmt. Also: Gerät zur drahtlosen Kommunikation mit auswählbaren Empfängern.“

„Das gilt aber auch für Morsetelegraphie.“

„Zum Teufel! Gerät zur wechselseitigen drahtlosen Kommunikation mittels gesprochener Nachrichten mit auswählbaren Gesprächspartnern. Jetzt weiß ich auch, warum das dafür vorgesehene Feld so groß ist!“

Amber blätterte vorsichtig das Formular um und warf einen Blick auf die Rubriken, die alle noch auszufüllen waren. Sie seufzte. „In dem Tempo schaffen wir das nie.“

„Ich habe nur den Trost, daß auch Craven das alles ausfüllen muß.“ Er lachte humorlos. „Und der Platz für die Personalien des Anmelders wird nicht für seine Titel reichen.“

Sie arbeiteten bei inzwischen angedrehtem Gaslicht bis in die tiefe Nacht. Irgendwann stellten sie fest, daß sie nicht einmal zu Abend gegessen hatten; Amber huschte in die Küche und bereitete ein paar belegte Brote, angeblich nach einem Lord Sandwich benannt, der gleich ihnen nie Zeit gehabt hatte, sich an den Eßtisch zu setzen.

*

Statt den Abend im Spielclub zu verbringen, war Bathurst durch die Straßen geirrt und hatte Ausschau nach etwas gehalten, von dem er keine

Ahnung hatte, wie es aussah. Ein Relais an exponierter Stelle. Und es mußte eine bevorzugte Stelle sein, um die große Reichweite zu erklären.

Wo mochte Torrington diesen verdammten Verstärker angebracht haben?

An seinem Haus selbst jedenfalls nicht, da war nichts zu bemerken. Den Blick nach oben gerichtet, ähnlich dem bekannten ‚Jack the Airgazer' aus dem Kinderbuch, jedes Krähennest argwöhnisch begutachtend, hatte er allmählich größere Kreise gezogen, bis die Dunkelheit es ihm unmöglich machte, noch etwas zu erkennen.

*

Gern hätte Bathurst wenigstens diesmal ausgeschlafen, aber es war ihm nicht vergönnt. Mrs. Maddison konnte schlecht den Briefboten hinauswerfen, der eine an Mr. Ethan Bathurst adressierte und mit dem Vermerk ‚nur persönlich auszuhändigen' versehene Depesche zu überbringen hatte. Das Kuvert trug das Wappen des Earl of Craven und erregte solchermaßen die ohnehin stark ausgeprägte Neugierde der Wirtin ganz besonders. Bathurst mußte sie aus der Tür drängen, in der sie dabei mit einem Schürzenzipfel hängenblieb, als er sie ins Schloß drückte.

Sie bemerkte es, als sie plötzlich fest hing. „Herr Professor! Machen Sie nochmal auf!"

„Der Brief geht Sie nichts an, Mrs. Maddison, tut mir leid."

„Es ist nicht der Brief. Es ist wegen meiner Schürze!"

„Ihre Schürze geht mich nichts an. Nun gehen Sie endlich!"

„Ich kann nicht. Sie haben mich eingeklemmt!"

Bathurst erkannte ein Stück karierten Stoffes auf seiner Seite der Tür und begriff. Er riß also die Tür noch einmal auf. „Wie kann man nur so ungeschickt sein!" tadelte er. „Das kommt von Ihrer verdammten Neugierde."

„Ich? Neugierig?"

Er schloß die Tür wieder. Endlich konnte er den Brief aufreißen.

Mr. Ethan Bathurst, 92 Rockford Road. Nur persönlich auszuhändigen. Craven Manor, den 23. Mein lieber Freund. Ich hoffe, Sie kommen mit Ihrer Arbeit voran. Der baldige Erfolg ist noch dringender geworden, denn in der letzten Nacht ist es Mr. Torrington und seiner Tochter gelungen, von Craven Manor zu fliehen. Dieser Bauerntölpel hat es gewagt, meine Kutsche zu stehlen und sich damit davonzumachen. Natürlich war unter diesen Umständen an eine Verfolgung nicht zu denken. Nicht genug damit, er besaß die Stirn, mir das Fahrzeug durch einen lausigen Kutscher der Firma Sutherland zurückbringen zu lassen, einem dieser Roßschinder, der meine Pferde vermutlich die ganze Strecke im Eiltempo hat traben lassen. Und der mir einen Brief Torringtons übergab, in welchem jener mich auch noch verhöhnte. Diesem Menschen ist offenbar alles zuzutrauen. Seien Sie vorsichtig. Und bringen Sie die Sache zuende, ehe Torrington uns zuvorkommt. Earl Steward of Craven, Marquess of Queensbury in the Peerage of the Empire.

Bathurst riß seinen Mantel vom Garderobenhaken und stürzte aus der Tür. Sutherland! Das war das Stichwort, das ihm gefehlt hatte.

Er prallte mit seiner Wirtin zusammen, die, in gebeugter Haltung, vor seiner Tür stand und durch ein nicht mehr vorhandenes weil zusammen mit der Tür weggerissenes Schlüsselloch spähte.

„Mrs. Maddison! Sie sind ja immer noch hier!"

„Ich, äh..." Sie zog eilig ein Putztuch aus ihrer Schürzentasche. „Da war ein Fleck auf Ihrer Türklinke, Herr Professor, und da wollte ich..."

„So." Die Ausrede schrie zum Himmel, aber im Interesse seines eigentlichen und wesentlich wichtigeren Anliegens war er bereit, darüber hinwegzusehen. „Na, dann putzen Sie nur weiter. Ich halte Sie nicht auf." Damit war er die Treppe hinunter.

Mit eiligen Schritten und wehendem Mantel erreichte er nach einer halben Stunde das Werksgelände von Zachary Sutherland. Drei Fabriksschornsteine ragten in die Höhe, und tatsächlich: an einem davon wuchs, gleich einem Krebsgeschwür, ein ... Ding, das offenbar mit zwei nachträglich um das Mauerwerk gelegten Eisenbändern befestigt worden war und in keinem erkennbaren Zusammenhang mit der Funktion des Kamins stand. Bathurst war sicher, daß er das Relais gefunden hatte.

*

Nach einer viel zu kurzen Nachtruhe und einem sehr knappen Frühstück nahmen Sir Finley Torrington und seine Tochter den Kampf mit den Formularen wieder auf.

Stand der Technik: Es ist bekannt, daß eine drahtlose Kommunikation mittels Aetherwellen möglich ist, indem man den Wellenerreger in einem gewissen Rhythmus (Morsezeichen) an- und ausschaltet. Die solchermaßen getastete Sendung kann in einem geeigneten Empfangsgerät (Kohärer) aufgenommen und zur Ansteuerung einer Schreibnadel (Morseschreiber) oder eines akustischen Signalgebers (Klopfer) herangezogen werden. Andererseits ist eine Übertragung gesprochener Information mit dem Reisschen Apparat möglich, indem ein galvanischer Strom durch eine Schicht von Carbongranulat (Microphon) durch die Sprache in seiner Stärke variiert wird und auf der Empfangsseite electromagnetisch in Schall zurückverwandelt wird (Stricknadelempfänger). Durch Umstecken der Verbindungsleitung kann hierbei die Nachricht jeweils einem gewünschten Empfänger zugeleitet werden.

Kritik des Standes der Technik: Die Übertragung der Information erfolgt hierbei, je nach Fähigkeit des Telegraphisten, mit einer beschränkten Geschwindigkeit von maximal 100 Zeichen in der Minute. Außerdem wird die Sendung in jedem Empfangsgerät gleichermaßen wiedergegeben, kann also nicht an einen bestimmten Empfänger gerichtet werden. Beim Reisschen Apparat ist andererseits die Übertragung gesprochener Nachrichten an bestimmte Empfänger möglich, jedoch ist die Verbindung an einen electrischen Leiter gebunden.

Aufgabe: Der Erfindung liegt die Aufgabe zugrunde, die Vorteile der beiden erwähnten Verfahren miteinander zu verbinden, also eine nicht drahtgebundene acoustische Verbindung zwischen auswählbaren Empfängern herzustellen.

Lösung: Die Aufgabe wird erfindungsmäßig dadurch gelöst, daß eine Aetherwelle nicht einfach an- und ausgetastet, sondern in ihrer Stärke variiert wird. Dazu wird wie im Reißschen Apparat das Carbongranulat verwendet. Die in der Gegenstation auftretende Welle ist jedoch zu schwach, um einen Stricknadelempfänger ansprechen zu lassen. Statt dessen wird eine unter einem Pergament rotierende Achatwalze verwendet, die durch wechselweise electrische Anziehung oder Abstoßung das Pergament in Vibration versetzt und so wieder ein acoustisches Signal erzeugt. Um sicherzustellen, daß die Nachricht jeweils nur einen bestimmten Empfänger erreicht, wird bei der Herstellung der Verbindung nach Art des Morsecodes eine Folge von An- und Aus-Zuständen übertragen, welche in eindeutiger Weise einem bestimmten Empfangsgerät zugeordnet ist. Das Empfangsgerät stellt eine Schaltverbindung nur dann her, wenn der empfangene Code mit seinem eigenen Code übereinstimmt.

Jede dieser Formulierungen diskutierten sie ausführlich, entwarfen und verwarfen Worte und Sätze, bis sie beide den Eindruck gewannen, die Sache auf den Punkt gebracht zu haben. Erst dann trug Sir Finley den Text mit der Feder in die entsprechende Rubrik des Formulars ein. Im Verlaufe der Zeit verstand auf diese Weise auch Amber die Funktionsweise der Erfindung ihres Vaters ziemlich vollständig. Das Mittagessen fiel aus, und zum Nachtmahl waren sie bei „Patentansprüche, Oberbegriff" angelangt, wo sie infolge zunehmender Müdigkeit ihre Arbeit einstellen mußten.

Der nächste Tag brachte sie bis „Unteransprüche, Oberbegriff des ersten Unteranspruchs", der folgende bis „Kennzeichnender Teil des vierten Unteranspruchs." Sie gewannen eine Art von Routine, aber die Zeit rann ihnen davon wie Sand durch die Finger.

Am folgenden Tag brachte ein Briefbote eine Nachricht von Zachary Sutherland.

Sir Finley. Sie sehen mich untröstlich, Ihnen eine unangenehme Nachricht zukommen lassen zu müssen. In der letzten Nacht sind, wie es scheint, Unbekannte auf das Fabrikgelände vorgedrungen und haben Ihren über der hinteren Werkhalle am Schornstein angebrachten Apparat entwendet. Es wäre vielleicht gut, wenn Sie herkommen und

Torrington knüllte das Papier zusammen, ballte eine Hand zur Faust und schlug damit gegen die Wand. „Aus! Jetzt hat Craven alles, was er braucht."

Amber erlaubte es sich, das Blatt aufzuheben, zu entfalten und glattzustreichen. Sie überflog den Text. „Vater, das ist kein Grund zur Verzweiflung. Craven und Bathurst sind jetzt auf dem Stand, auf dem du vor Monaten warst. Und wir haben schon die Hälfte des Antragsformulars ausgefüllt. Sie hingegen können erst jetzt damit anfangen. Wir können es also immer noch schaffen."

Torrington seufzte. „Vielleicht hast du recht. Ach, wenn ich dich nicht hätte, Liebes. Aber ich fürchte, ich muß heute morgen erst einmal zu Sutherland und ihn trösten."

Sie lächelte aufmunternd. „Wenn du zurückkommst, wirst du dafür ein warmes Mittagessen vorfinden. Dein erstes seit Tagen."

Sir Finley kehrte, in niedergeschlagener Stimmung, gegen Mittag zurück. Ja, der Transscribeur war entwendet, und es war nur zu klar, wo er geblieben sein mußte. Auf eine Anzeige bei der Polizei hatte er dennoch verzichtet. Die schlichte Vorstellung, einem Constabler auseinandersetzen zu müssen, um was es sich bei dem entwendeten Objekt handelte und wie sein Wert zu beziffern sei, die Ungeheuerlichkeit, einen Earl of Craven, Marqess of Queensbury, als Hintermann beschuldigen zu müssen, hatte ihn davon abgehalten.

Das überbackene Gemüse, mit dem Amber ihn bewirtete, heiterte seine Stimmung ein wenig auf. Es war ja noch nichts verloren. Er hatte die Pläne im Kopf und konnte jederzeit einen neuen Transscribeur sowie zwei neue Marconiphone bauen. Wichtiger war es, jetzt den Patentantrag zügig fertigzustellen. Während Amber das Geschirr wusch und trocknete und das Besteck putzte, setzte er sich mit den Unterlagen an den Küchentisch, damit sie währenddessen ihr gemeinsames Ringen um Formulierungen fortsetzen konnten.

*

Am 28. morgens waren sie fertig. Torrington heftete die Blätter des Formulars und seiner Zeichnungen aneinander und machte sich auf den Weg zur Williams Lane. Auf dem Weg dorthin ließ er sich auf der Bank von seinem Konto die vierzig Pfund auszahlen, die in den Unterlagen als Anmeldegebühr ausgewiesen war.

Der Beamte sah exakt aus, wie seine Tochter ihn beschrieben hatte, einschließlich des Backenbartes und der goldenen Uniformknöpfe.

„Guten Morgen, Sir.“

„Guten Morgen. Sie wünschen?“

„Torrington ist mein Name. Ich möchte diesen Antrag einreichen.“

„So. Na, dann geben Sie mal her.“ Er überflog die vorgelegten Papiere, während Sir Finley schon einmal die vierzig Pfund hervorholte. Er wurde sie jedoch nicht los. „Mister Torrington, den Antrag kann ich so nicht annehmen. Die Zeichnungen sind mit Bleistift ausgeführt. Ich muß Sie bitten, sie noch einmal in Tinte zu zeichnen. Bleistift ist nicht dokumentenecht.“

„Nicht dokumentenecht“, echote Torrington fassungslos, der seine Zeichnungen immer mit Bleistift angefertigt hatte, auch für alle seine Veröffentlichungen. Bei der Redaktion der Annals For Scientific And Technological Improvement Of The Royal Society gab es einen Lithographen, der sie für den Druck noch einmal auf Platten übertrug, das hatte nie ein Problem dargestellt.

„Es ist nur eine Formsache“, meinte der Backenbärtige in trösten zu müssen. „Kommen Sie einfach wieder, wenn Sie die Zeichnungen ins Reine übertragen haben.“

Ins Reine. Als ob seine Zeichnungen nur eine Kladde seien. Sir Finley Torrington nahm also den Papierstapel wieder an sich und versuchte zu überschlagen, wieviel Zeit ihn das erneute Zeichnen kosten würde. Der

Vorsprung, den er in jener Nacht im Turm auf Craven Manor hatte zu gewinnen gehofft, war jedenfalls dahin.

Mit seiner Enttäuschung beschäftigt, nahm er die Droschke, die vor dem Patent Bureau anhielt, eben als er die Stufen hinunterging, nur am Rande wahr und kümmerte sich nicht weiter um sie oder ihre Insassen.

Es gab nur einen Insassen, und dieser bemerkte und erkannte den Davoneilenden durchaus. Verdammt, dachte Ethan Bathurst. Sollte Torrington ihm etwa zuvorgekommen sein? Das wäre allerdings höchst fatal gewesen. Für ihn. Denn es hätte Lord Craven nicht amüsiert. Aber dann fiel ihm auf, daß Torrington einen Stapel Papiere unter dem Arm trug. Und das wiederum konnte bedeuten, daß sein Konkurrent sich eben erst die Antragsformulare hatte geben lassen. Es bestand also noch Hoffnung. Bathurst nahm sein eigenes Dokumentenbündel, wies den Kutscher an zu warten, und stieg aus, nachdem Torrington außer Sicht war.

Er hatte durchaus nicht erst nach dem Diebstahl des Verstärkers mit dem Ausfüllen des Antrags begonnen. Im Gegenteil waren zu diesem Zeitpunkt fast alle Unterlagen bereits fertig gewesen, bis auf den Bauplan der Relaisstation. Ihm war klar gewesen, daß das Verschwinden des Gerätes vom Schornstein der Sutherlandschen Fabrik Torrington alarmieren würde. Seit er den Anbringungsort des Verstärkers entdeckt hatte, war dieser ihm sicher gewesen. Und darum hatte er ihn dort bis zum letzten Augenblick belassen.

Bathurst eilte die Stufen zum Patent Bureau hoch.

„Guten Morgen, Sir.“

„Guten Morgen. Sie wünschen?“

„Bathurst ist mein Name. Ich möchte diesen Antrag einreichen.“

„So. Na, dann geben Sie mal her.“ Die Duplizität der Ereignisse wurde ihm nicht bewußt, weil es, seit er hier seinen Dienst tat, nie anders abgelaufen war. Er besah sich die vorgelegten Papiere. Sie sahen einwandfrei aus. Zeichnungen in Tinte, sehr schön, nicht wie vorhin bei diesem - wie hatte er doch geheißen? Er blätterte zurück auf die erste

Seite, und dann fiel ihm doch noch etwas auf. Wenn man nicht auf alles achtete...

„Sir, Sie haben hier als Antragssteller zwei Namen aufgeführt, Lord Craven und Ethan Bathurst. Der Antrag ist aber nur mit einem Namen unterzeichnet. Ich muß Sie bitten, noch die Unterschrift von Lord Craven beizubringen, ehe ich den Antrag annehmen kann.“

„Lord Cravens Unterschrift“, echote Bathurst fassungslos. Daran hatte er tatsächlich nicht gedacht. Er würde nach Craven Manor fahren müssen, und das kostete ihn noch einmal einen ganzen Tag. „Können Sie den Antrag nicht erst einmal mit einer Unterschrift annehmen, und die zweite wird baldmöglichst nachgereicht?“

Der Beamte schüttelte den Kopf. „So geht das nicht, Sir. Einen unvollständigen Antrag darf ich nicht akzeptieren.“

Bathurst verfluchte innerlich die ganze Bürokratenbrut, die sich hinter ihren Vorschriften verschanzte, aber er sah ein, daß er hier im Augenblick nichts weiter ausrichten würde. Andererseits, wenn Torrington jetzt überhaupt erst mit dem Ausfüllen der Papiere begann, dann stellte ein Zeitverlust von einem Tag vermutlich keine Katastrophe dar. Er nahm also seine Papiere wieder an sich und kehrte zu seiner wartenden Droschke zurück. Am besten ließ er sich gleich zur Bahn fahren.

Erst als er in Dalston Junction aus dem Zug stieg, wurde ihm ein weiteres Versäumnis bewußt. Er hatte nicht daran gedacht, noch in der Stadt ein Telegramm aufzugeben und Lord Craven sein Kommen zu avisieren. Jetzt stand er hier auf dem Bahnsteig dieses Provinznestes, und keine Kutsche würde ihn abholen und nach Craven Manor bringen. Zwei Stunden Fußmarsch lagen vor ihm. Mit etwas Pech kam er heute nicht einmal mehr zurück.

Gewiß, er konnte Seiner Lordschaft die Dringlichkeit der Lage schildern, und daß Torrington bereits dabei war, den Antrag zu Papier zu bringen. Dann würde er ihn vielleicht noch in der Nacht mit der Kutsche zurückfahren lassen. Allerdings würde dem Lord diese Nachricht nicht sehr behagen, und Bathurst hatte keine Lust auf dessen

Vorwürfe, er habe seinen Auftrag nicht mit dem hinreichenden Nachdruck verfolgt. Besser, er behielt dieses Detail für sich.

Mißmutig machte er sich auf den Weg in die beginnende Dämmerung.

7. Platin

Wiederum war es seine Tochter Amber, die einen Teil der Verzweiflung von Sir Finley zu nehmen verstand, nachdem er ihr von seinem Mißerfolg auf dem Patent Bureau berichtet hatte.

„Ich kann dir bei den Zeichnungen helfen, dann geht es schneller.“

„Aber du kennst dich nicht damit aus. Ich zweifle nicht an deinen Fähigkeiten, und du hast auch eine saubere Schrift, aber du könntest irgendwo ein entscheidendes Detail übersehen.“

„Diese Gefahr sehe ich selbst“, gestand sie ein. „Aber was hältst du davon, wenn wir es so machen: Die Zeichnungen sind doch eigentlich fertig. Ich brauche also nur deine Bleistiftstriche noch einmal mit Tinte nachzuziehen. Auf die Weise kann ich nichts vergessen.“

Er sah sie überrascht an. „Natürlich! Das ist genial! Und weißt du was? Das ist noch viel genialer. Ich gebe dir einen Teil der Zeichnungen, und die anderen überarbeite ich genau auf die gleiche Weise, das geht ja auch für mich viel schneller.“

„Dann laß uns beginnen. Das schaffen wir, Vater! Wenn morgen früh das Amt öffnet, kannst du mit dem fertigen Antrag vor der Tür stehen!“

*

Als Ethan Bathurst, mit dem letzten Tageslicht und von der Wanderung erschöpft, Craven Manor erreichte, hatte er zwei Stunden Zeit gehabt über sich und sein Verhältnis zu Lord Craven nachzudenken. Wenn es ihm nur gelänge, seine Schulden zurückzuzahlen, dann würde er sich von diesem zwiespältigen Gönner lieber heute als morgen trennen, der ihn zu Dingen verführte, die er - wäre er noch sein eigener Herr gewesen - weit von sich gewiesen hätte. Er verfluchte sich für seine Schwäche, aber er hatte keine Idee, wie er jemals den Betrag zusammenbekommen sollte, mit dem er sich hätte freikaufen können. Ja, er war eine schwache Kreatur, und er hatte es auch nie geschafft, sich der Faszination und dem Rausch des Kartenspiels zu entziehen.

Im Innenhof hielt sich niemand mehr auf. Er mußte klopfen, um sich bemerkbar zu machen. Es öffnete ihm, eine Laterne in der Hand, der Verwalter Blake. "Oh, Mister Bathurst. Woher kommen Sie denn jetzt?"

„Von der Bahn", erklärte dieser mit säuerlichem Gesicht. „Zu Fuß. Und ich muß sofort mit Seiner Lordschaft sprechen."

„Na, Sie haben ja ein sonniges Gemüt. Lord Craven ist von einer anstrengenden Inspektionsfahrt zurückgekommen und hat sich sofort zu Bett begeben."

„Wecken Sie ihn." Das Gesicht des Verwalters sah aus, als habe er ein Sakrileg von ihm verlangt. „Es ist dringend! Warum, glauben Sie, hätte ich diesen Gewaltmarsch auf mich genommen, wenn es nicht um Sein oder Nichtsein ginge!"

Blake verdrehte die Augen zum Himmel, aber falls er sich von dort Beistand erhofft hatte, so blieb dieser aus. Er mußte selbst gehen und sich dem Zorn des Earl of Craven aussetzen. Er seufzte. „Ich gehe also, in Gottes Namen."

Er ließ Bathurst in der Halle zurück, beim flackernden Licht einer einzelnen Kerze und tanzenden Schatten, die Bathurst wie ein Widerschein seiner eigenen inneren Dämonen vorkamen. Es verging eine Viertelstunde, die Wanduhr schlug halb neun, dann näherten sich Schritte. Blake und Lord Craven. „Ich hörte", sagte Craven, „Prinz Hamlet von Dänemark wartet auf mich in einer dringenden Angelegenheit?" Im Lampenlicht wirkte sein umgelegter Morgenmantel bleich und gespenstisch, passend zu den Dämonen und Geistern, die ohnedies die Halle bevölkerten. Jedenfalls in Bathursts Phantasie.

„Mit ist nicht nach Scherzen zumute. Eure Lordschaft, der Patentantrag ist fertig..."

„Das ist doch eine gute Nachricht. Dafür hätten Sie mich allerdings auch morgen wecken können."

„...aber ich konnte ihn nicht einreichen. Ihre Unterschrift fehlt."

„Und deswegen müssen Sie sich den Weg machen? Mein lieber Bathurst, diese Beamten sind doch rechte Erbsenzähler. Aber daran soll es nicht fehlen; Blake, Sie haben in ihrer Stube sicherlich Feder und Tinte. Wir erledigen das sofort, dann kann Mister Bathurst noch mit dem letzten Zug zurückfahren und morgen in der Frühe sofort diese ärgerliche Formalität erledigen. Gehen Sie indessen, Crawford zu wecken. Er hat mich den ganzen Tag lang über die Ländereien kutschiert und wird sich nicht begeistern, aber es muß sein."

Auch Blake begeisterte sich nicht, einen weiteren Menschen aus dem Bett holen zu müssen, fügte sich aber dem Befehl seines Herrn. Vor Crawford immerhin brauchte er sich nicht zu fürchten. Bathurst wiederum war sehr froh, daß Lord Craven die Notwendigkeit der Eile erkannt hatte, ohne daß er ihm von seiner Begegnung mit Torrington hatte berichten müssen.

Mit der gräflichen Unterschrift auf dem Dokument kehrte er mit dem letzten Zug in die Stadt zurück. Und dort, sich vage an seinen Vorsatz erinnernd, Geld zur Begleichung seiner Schulden beschaffen zu wollen, steuerte er auf geradem Wege den Spielclub an, der ihn auf ebenso geradem Wege überhaupt erst in diese Abhängigkeit geführt hatte. Es war noch vor Mitternacht, und er wurde von einigen anderen Herren begeistert begrüßt, die gleich ihm die Nacht am liebsten am Spieltisch verbrachten.

Gegen ein Uhr entsann sich Bathurst seines Vorsatzes, am Morgen gleich nach der Williams Lane zu gehen, aber da hatte er gerade zweimal hintereinander ein ausgezeichnetes Blatt auf der Hand gehabt und seine Mitspieler um zehn Pfund erleichtert.

„Geben Sie mir eine Revanche, Mister Bathurst?" forderte sein Gegenüber. Horace Chembourgh war ein harter Gegner, und manchmal hatte Bathurst den Verdacht, daß er irgendwie mogelte. Aber jener legte zum Spielen stets sein Weste ab und krempelte die Ärmel hoch, um nicht die Spur eines Verdachtes aufkommen zu lassen, er könne womöglich ein As unter der Manschette verborgen haben. Vielleicht spielte er auch einfach gut und hatte Glück.

Es wäre natürlich in der Tat ein würdiger Abschluß des Tages gewesen, jetzt statt mit leeren Taschen mit zehn Pfund nach Hause zu gehen, doch ein kleiner Dämon, den er nicht in der Halle von Craven Manor zurückgelassen hatte, flüsterte ihm ins Ohr, aller guten Dinge seien schließlich drei. Das Glück schien ja heute auf Seiten Bathursts zu sein. Wenn das jetzt die Chance war, die sein Leben verändern könnte? Zudem konnte er Chembourgh schlecht die Revanche abschlagen.

Er lächelte. „Gewährt. Aber nur wenn Sie dagegenhalten können. Ich setze fünfzig Pfund." Das waren die zehn, die er eben gewonnen hatte - und die vierzig, die er von Lord Craven zur Bezahlung der Anmeldegebühr für das Patent empfangen hatte. Ein lohnender Einsatz, wenn es ihm gelang, sie jetzt zu vervielfachen...

*

Torrington hatte die fertigen Zeichnungen auf dem Arbeitstisch ausgebreitet, um die Tinte trocknen zu lassen und keine verschmierte Stelle zu riskieren. Über die Bleistiftstriche gezeichnet, zog sie schlechter ins Papier ein, einzelne Stellen blieben hartnäckig feucht, und er getraute sich auch nicht, sie abzulöschen, in der Befürchtung, die amtlich so dringend verlangte Farbe dann wieder wegzunehmen. Dann hatten sie sich zu Bett begeben.

Am Morgen stand er früh auf, geweckt durch eine vor Jahren einmal entwickelte Sanduhr mit Signalfunktion, die nach dem Durchlaufen der entsprechenden Sandmenge den Weg für eine Kugel freigab, die dann lautstark in eine Schale polterte. Er prüfte die Zeichnungen, sie waren trocken. Eine kurze Morgentoilette an der Waschschüssel folgte, das Frühstück ließ er aus, das konnte er später nachholen. Er nahm die Formulare, die nun hoffentlich den Ansprüchen des Beamten genügen würden, an sich und machte sich auf den Weg. Er war zuversichtlich, das Patent Bureau als erster Antragsteller gleich zu Beginn der Sprechzeit betreten zu können.

Als er in die Williams Lane einbog, fand er dort einen Menschenauflauf vor. Ein Fuhrwerk war umgestürzt, eine Reihe von Schaulustigen und einige Hilfswillige hatten sich versammelt, letztere bemühten sich um den Kutscher, der unter dem Fahrzeug eingeklemmt war.

„Zum Teufel, so packen Sie doch mit an, daß wir den Wagen hochbekommen!" schrie einer.

„Das geht nicht", widersprach ein anderer, „dann quetschen wir ihm mit dem Rad auf der anderen Seite das Bein ab."

„Spannt doch wenigstens das Pferd aus!" verlangte ein dritter.

Torrington trat dazu und besah sich die Lage. Es war klar, daß jeder Versuch, den Fuhrmann aus seiner Lage zu befreien, das Risiko einer noch größeren Verletzung mit sich gebracht hätte. „Sie müssen das Rad drüben abstützen, dann kann es keinen Schaden mehr anrichten", erkannte er.

„Ja, aber wie?"

„Halten Sie mal dieses Papier. Aber Vorsicht, es ist ein wichtiges Dokument. So. Da ist Ladung heruntergefallen. Sie da, fassen Sie mal mit an, daß wir diese Kiste unter das Rad schieben. Gut so."

Es war ein mechanisches Problem, und das hatte in Torrington seinen Meister. „Jetzt diese Latte durch die Speichen schieben, dann kann es sich nicht mehr wegdrehen. So Leute, und jetzt fünf Mann auf diese Seite, dann kriegen wir den Wagen hoch."

„Lassen Sie mich durch, ich bin Arzt", erklang von hinten eine Stimme.

„Sehr gut, Herr Doktor, wir legen Ihnen gerade Ihren Patienten frei."

Nachdem er den Fuhrmann befreit und in der Obhut eines Mediziners wußte, konnte er eigentlich seinen Weg fortsetzen. Torrington wischte sich den Schweiß von der Stirn. Zur Öffnung des Patent Bureau würde er es jetzt nicht mehr schaffen, aber auf ein paar Minuten kam es hoffentlich nicht an. „Wenn Sie mir jetzt mein Papier wiedergeben könnten?"

„Bitte, Sir. Sie haben das ja sehr souverän gelöst."

„Mit Hebeln und Rädern kenne ich mich ein wenig aus, wissen Sie? Aber nun entschuldigen Sie mich, ich habe es eilig."

„Halt!" erklang hinter ihm eine befehlsgewohnte Stimme.

Torrington fuhr herum. Vor ihm wuchs die schnurrbärtige, respektheischende Gestalt eines Polizeisergeanten auf, die ihm den Weg verstellte.

„Sir, ich habe einen dringenden Termin. Ich muß...“

„Niemand verläßt den Platz. Ich muß den Unfall zu Protokoll nehmen und alle Zeugenaussagen notieren.“

„Ich bin kein Zeuge“, beteuerte Torrington. „Als ich dazukam, war der Unfall schon geschehen. Ich habe nur dabei geholfen, den Kutscher zu befreien.“

„Schön. Dann kommen jetzt erst einmal die Augenzeugen dran, und Sie warten mit Ihrer Aussage, bis Sie an der Reihe sind.“ Er zog einen Stift und ein ledergebundenes Notizbuch aus der Uniformtasche.

Das Wissen darum, daß das Niederschlagen eines Polizisten mit erheblicher Strafe bedroht war, hinderte Sir Finley daran, das zu tun, was ihm als erstes in den Sinn gekommen war. Liebet eure Feinde, sagte Jesus Christus. Aber dieser verdammte Büttel war ja gar nicht sein Feind. Er stand ihm nur im Weg!

*

Ethan Bathurst kam nicht in die Verlegenheit, sich um einen Wecker zu bemühen. Seine Nacht verlief in verzweifelter Schlaflosigkeit. Das Geld war futsch, weg, verloren. Satte fünfzig Pfund. Einfach so, für zwei Asse und drei Könige. Wenn er jetzt zum Patent Bureau ging, konnte er die Gebühr nicht bezahlen. Vielleicht sollte er einen Fabrikschornstein erklimmen, so wie er es neulich getan hatte. Diesmal allerdings, um sich hinunterzustürzen.

Vierzig Pfund brauchte er. Er durchstreifte im Schein einer Kerze seine Wohnung und sein Laboratorium auf der Suche nach Dingen, die wertvoll genug waren, um beim Pfandleiher vierzig Pfund zu erbringen. Seine Meßgeräte waren sicherlich ein Vielfaches wert, aber für einen Uneingeweihten waren sie zu uninteressant, um einen nennenswerten Betrag dafür zu bekommen.

Das Besteck? Versilbertes Blech. Zwei Pfund, höchstens. Die Kaffeekanne, königliche Porzellanmanufaktur. Mit der abgeplatzten

Ecke im Deckel vielleicht ein Pfund. Er kehrte zurück ins Laboratorium. Der Hoffmannsche Apparat! Die Electroden darin bestanden aus Platin! Er hätte sich so ein Ding niemals leisten können, und in der Tat hatte er es auch nur an der Universität ausgeliehen. Aber wenn er es beim Pfandhaus wieder auslösen konnte, war es ja nicht verloren. Er mußte es nur rechtzeitig wieder auslösen, ehe es in die Versteigerung kam. Gut. Er nahm den Apparat aus dem Regal und wickelte ihn, der Glasröhren wegen, in ein Tuch. Jetzt mußte er nur noch warten, bis das Leihhaus öffnete. Den Apparat versetzen, und dann hurtig zur Williams Lane. Bathurst atmete auf. Er brauchte sich vielleicht doch noch nicht vom Schornstein zu stürzen.

„Herr Professor! Schon so früh auf? Sie sind doch heute nacht erst um ein Viertel vor zwei nach Hause gekommen!"

Woraus sich ihm erschloß, daß Mrs. Maddison zu dieser Uhrzeit ebenfalls wach gewesen sein mußte. Es hätte ihn nicht gewundert, wenn sie eigens aufgeblieben wäre, um zu kontrollieren, wann ihr Mieter heimkehrte; allerdings stand ihm jetzt nicht der Sinn danach, dies mit seiner Wirtin zu diskutieren. „Ich habe einen dringenden Termin", entgegnete er daher nur.

Sie versuchte, das Tuch um den eingewickelten Hoffmannschen Apparat mit dem Blick zu durchdringen, um zu erfahren, was Bathurst da wohl mit sich herumtrug, zumal der ungewöhnliche Umriß des Gerätes ihr nichts sagte und somit erst recht ihre Neugierde herausforderte. Aber da die X-Strahlen des Professor Roentgen ihr nicht zur Verfügung standen, bekam sie es nicht heraus. So blieb ihr nur, ihm irritiert hinterherzusehen, als er aus der Haustür eilte. Dann fiel ihr plötzlich ein, was sie eigentlich hatte sagen wollen, bevor der geheimnisvolle Gegenstand sie davon abgelenkt hatte: „Herr Professor, die Miete vom vorigen Monat..."

Aber da war er schon verschwunden.

*

„Guten Morgen, Sir."

„Guten Morgen."

Das Pfandhaus Levi Silverman öffnete, ebenso wie übrigens das Patent Bureau, um acht Uhr, und Ethan Bathurst war der erste Kunde. Silverman beäugte das Objekt, das Bathurst jetzt vorsichtig auf den Tisch legte, etwa mit dem gleichen forschenden Blick wie einige Minuten zuvor Mrs. Maddison, nur daß ihm das Geheimnis im nächsten Augenblick enthüllt wurde. Zwei lange Glasröhren mit Graduierung, unten verbunden und jeweils in einen Glasballon mündend. Enthüllt, ja, aber es blieb ein Geheimnis.

„Was können Sie mir dafür geben?“

„Dafür? Wenn Sie mir vielleicht erklären könnten, was das ist?“

„Das ist ein Hoffmannscher Apparat. Man verwendet ihn zur electrolytischen Erzeugung von Gasen.“

„Elec - was? Das werde ich doch niemals los. Das ist nichts wert. Sagen wir fünf Schilling.“

„Mister Silverman, die Electroden bestehen aus Platin! Dafür müßte ich vier ... sagen wir fünfzig Pfund bekommen. Es ist ein Vielfaches davon wert.“

„Platin? Wo? Ich sehe kein Platin.“

„Da drin. Sehen Sie, hier unten in den Glasröhren.“

„Da ist ein Stück Metall. Ja. Aber Platin? Das könnte ebenso gut Blei sein.“

„Aber mit Blei würde ein Hoffmannscher Apparat doch niemals funktionieren!“

„Davon verstehe ich nichts. Wenn Sie vierzig Pfund dafür wollen, müssen Sie mir beweisen, daß es Platin ist.“ Levi Silverman blieb hart, und hinten im Laden schlug eine Uhr ein Viertel nach acht.

„Mister Silverman! Ich beschwöre Sie! Ich brauche vierzig Pfund für eine Patentanmeldung, und Sie sind meine letzte Hoffnung!“

„Lieber Freund. Wenn ich Ihre letzte Hoffnung bin, dann werden Sie mir zugestehen müssen, daß ich die Bedingungen festlege. Beweisen Sie mir, daß es Platin ist.“

„Wie soll ich es Ihnen beweisen?“

Silverman betrachtete das angeblich so wertvolle Metall durch die Glaswand. „Nehmen Sie es heraus, daß ich es auf die Waage legen kann. Platin ist schwerer als Blei, sogar schwerer als Gold, und das Gewicht kann man nicht fälschen.“

„Herausnehmen? Dazu müßte ich den Apparat zerstören!“

„Dann zerstören Sie ihn.“

„Das können Sie nicht von mir verlangen.“

Sie diskutierten eine Weile um diesen Punkt, und Bathurst mußte sich beherrschen, um nicht zuzugeben, daß der Apparat ihm nicht einmal gehörte und an ein Zerstören schon deshalb nicht zu denken war.

„Dann kommen wir nicht ins Geschäft, Mister. Nehmen Sie das Ding meinethalben wieder mit. Unzerstört!“ schloß Silverman.

Die Uhr schlug halb. Verdammt! Entnervt riß Bathurst den Apparat vom Tisch und schmetterte ihn auf den Boden, wo er in tausend Scherben zerbrach. Dann bückte er sich, klaubte die Electroden aus den Trümmern heraus und warf sie auf die Tischplatte. „Hier, Sie Halsabschneider. Ist das nun Platin?“

Silverman beugte sich über den Tisch und betrachtete die Platten über den Rand seiner Nickelbrille hinweg. „Hm. Das werden wir ja gleich sehen. Sie gestatten?“ Er nahm die Electroden an sich und wandte sich nach hinten, wo er sie auf eine Waagschale einer großen Waage legte. Ohne Hast und mit großer Akribie legte er Stücke eines Gewichtsatzes auf die zweite Schale, bis er den Waagbalken ausbalanciert hatte. „Sie haben wohl recht, Sir, es ist gut und gerne Platin.“

„Sie geben mir also vierzig Pfund dafür?“

„Nun, eigentlich wäre da noch die Bearbeitungsgebühr - aber ich will Ihnen entgegenkommen. Vierzig Pfund also. Warten Sie, wo habe ich mein Quittungsbuch?“

Bathurst wußte nicht, wo Silverman sein Quittungsbuch hatte, aber er sah, daß es mittlerweile zwanzig Minuten bis neun war. Zugleich war ihm klar, daß er den Vorgang nicht beschleunigte, wenn er jetzt zu drängen begann. Ihm blieb, ohnmächtig mit den Zähnen zu knirschen. Endlich zog der Pfandleiher das Gesuchte aus einer Schublade. Dann griff er zu Feder und Tinte, um den Vorgang ordnungsgemäß zu verbuchen.

Die Geldscheine bereits in der Hand, hielt Silverman inne. „Sir, ich beleihe natürlich nur das Platin. Der Rest Ihrer Apparatur gehört Ihnen. Wenn Sie also so freundlich wären, Ihre Scherben mitzunehmen?“

Bathurst sah Levi Silverman mit ungläubigen Augen an. „Ich soll - was?“

„Ich würde mich allerdings auch damit zufrieden geben, wenn Sie die Splitter zusammenkehren könnten. Sie finden dort drüben einen Besen und ein Kehrblech.“

Zehn nach neun verließ Bathurst mit vierzig Pfund in der Tasche das Leihhaus. Oh, wäre er doch gestern nacht dem Spielsalon ferngeblieben!

Mit großen Schritten eilte er die Straße entlang, in Richtung der Williams Lane. Eine Droschke lohnte sich für diese Entfernung nicht mehr; abgesehen davon hätte er sie nicht bezahlen können.

*

Sir Finley Torrington betrat das Patent Bureau und ertappte sich dabei, daß er nach Anzeichen Umschau hielt, die darauf hindeuteten, daß Bathurst ihm zuvorgekommen war. Leider hatte er nicht die geringste Vorstellung davon, wie solche Anzeichen aussehen sollten.

„Guten Morgen.“

„Guten Morgen, Sir.“ Der Beamte musterte ihn und schien sich zu erinnern, daß er am Vortag schon einmal hier gewesen war. „Nun, haben Sie Ihre Unterlagen jetzt vollständig?“

„Ich hoffe es. Sehen Sie selbst.“ Er legte die Formulare samt der Zeichnungen auf den Schreibtisch.

Der Backenbärtige blätterte die Papiere durch, kontrollierte die Unterschrift, warf einen Blick auf die Skizzen. „Das scheint in Ordnung zu sein, Sir. Dann wären also Gebühren in Höhe von vierzig Pfund fällig. Haben Sie das Geld?“

Torrington legte die Scheine hin, der andere öffnete ein Schubfach, stempelte Gebührenmarken im nämlichen Wert und klebte sie auf das Antragsformular. „Sie werden benachrichtigt, wenn das Prüfungsverfahren abgeschlossen ist."

Das Abfassen der Quittung dauerte eine Weile, da der Beamte den Titel umständlich buchstabenweise vom Antragsformular kopierte.

Einreichung eines Patentantrags durch Sir Finley Torrington, wohnhaft daselbst, betreffend ein Gerät zur wechselseitigen drahtlosen Kommunikation mittels gesprochener Nachrichten mit auswählbaren Gesprächspartnern. Die Gebühr in Höhe von vierzig Pfund wurde ordnungsgemäß entrichtet. Das Prüfungsverfahren wird einige Wochen in Anspruch nehmen und kann durch Nachfragen nicht beschleunigt werden, weshalb ersucht wird, hiervon abzusehen.

„Dann ist jetzt alles erledigt?"

„Es sieht ganz so aus, Sir. Guten Tag, Sir."

Torrington zögerte. „Und - äh - war heute oder in den letzten Tagen schon ein anderer Antragsteller hier, der..."

„Bedauerlicherweise darf ich Ihnen darüber keine Auskunft erteilen."

Niemand bedauerte das mehr als Torrington. Es hieß nicht mehr und nicht weniger, als daß er bis zum Abschluß des Prüfungsverfahrens nicht wissen würde, ob Bathurst respektive Craven ihm zuvorgekommen waren oder nicht.

*

Es klopfte an der Haustür. Amber Torrington warf einen Blick durch den Vorhang der Fensterscheibe neben der Tür. Sie erkannte den Briefzusteller und öffnete.

"Miss Amber Torrington?"

„Das bin ich."

„Ich habe hier einen nicht ausreichend freigemachten Brief für Sie. Sind Sie bereit, Sixpence Nachgebühr zu bezahlen?"

Sie war nicht sonderlich begeistert, schon wieder eine Gebühr für nichts als Papier bezahlen zu sollen, und erwog ernsthaft, den Brief zurückzuweisen. „Können Sie mir sagen, woher der Brief kommt?"

Der Postbeamte studierte den Stempel. „Aufgegeben offenbar an der Poststation von Dalston Junction. Ein Absender ist nicht zu erkennen."

Eine Hoffnung glomm in Amber auf. „Gut. Ich bezahle."

Sie holte also Sixpence aus ihrem Zimmer, nicht sicher, ob es sich als gut angelegtes oder hinausgeworfenes Geld erweisen würde, dann bezahlte sie und erhielt das Kuvert.

„Auf Wiedersehen, Miss Torrington."

Ihre Antwort blieb ein flüchtiges Murmeln. Sie eilte mit dem Umschlag zum Schreibtisch ihres Vaters und schlitzte ihn mit dessen Brieföffner auf.

Eine getrocknete und gepreßte Rosenblüte rieselte ihr entgegen - in Einzelteilen, sie hatte den Transport nicht heil überstanden. Dazu ein schmaler, länglicher Zettel, vermutlich vom Rand einer Zeitung stammend.

AN AMBER.

WAR ES EIN TRAUM?
ICH GLAUP ES KAUM
DAS ICH DICH TRAF.
ICH FIND KEIN SCHLAF.
ISTS WIRKLICH WAR?
DEIN AUGENPAHR
DEIN ROTES HAR
SO WUNDERBAR.
DIE BLUME HIR
EIN GRUS VON MIR.
ICH SENE MICH.
WIE FIND ICH DICH?
EDWARD

Sie stand wie vom Donner gerührt und starrte auf den Zettel. Daß der Anblick jetzt verschwamm, lag an den Tränen. Edward! Edward hatte ihr geschrieben. Ein Gedicht geschrieben! Und sie wußte nicht, wie sie damit umgehen sollte. Ihr hatte noch nie jemand ein Gedicht geschrieben. Sie fühlte sich im Innersten berührt, und es war eine seligmachende und zugleich schmerzhafte Empfindung. Es sollte zweifellos ein Liebesgedicht sein. Aber das hieß, daß Edward sie liebte. Das war in ihrem bisherigen Weltbild nicht vorgesehen, und sie erschrak davor. Daß sie ihm selbst regelmäßig sehnsuchtsvolle Gedanken widmete, war ja ihr ureigenstes Privatissimum. Und nun war das Objekt ihrer Sehnsucht plötzlich in sie eingedrungen, las ihre Gedanken oder zumindest ihre Gefühle - und erwiderte sie. Das war so schrecklich und zugleich so süß. Was machte sie jetzt? Den Brief verbrennen, verstecken, an ihr Herz drücken? Oder gar, welch ein atemberaubender Gedanke, ihn beantworten?

Ganz am Rande wurde ihr bewußt, daß sie sich diesmal gar nicht an der gewöhnungsbedürftigen Orthographie gestört hatte. Amber bückte sich und sammelte die roten Blütenblätter sorgfältig zurück in den Umschlag in der Überzeugung, daß ihr Vater sie auf keinen Fall finden durfte. Sie schlich damit in ihr Zimmer und legte den Brief unter ihr Kopfkissen. Einige Minuten blieb sie auf der Bettkante sitzen, dann warf sie sich spontan auf das Kissen und heulte wollüstig hinein.

Als Sir Finley, wesentlich später als erwartet, nach Hause kam, war es ihr gelungen, die Spuren ihres Gefühlsausbruchs restlos aus ihrem Gesicht zu entfernen. „Amber? Ist alles in Ordnung?"

„Alles in Ordnung, Vater", versicherte sie.

Er berichtete von seinem partiellen Erfolg auf dem Patent Bureau.

„Und was wirst du nun tun, bis der Antrag geprüft ist?"

„Vor allem werde ich zwei neue Marconiphone und einen Transscribeur bauen. Womöglich verlangen sie, daß man für die Beurteilung ein funktionierendes System vorweisen kann. Bathurst jedenfalls würde es können." Er bückte sich und sammelte vom Boden ein rotes, vertrocknetes Blütenblatt auf, welches er lange und nachdenklich betrachtete.

*

Diesmal hatte Ethan Bathurst daran gedacht, sich selbst ein Telegramm vorweg zu schicken. Crawford erwartete ihn mit der Kutsche vor dem Bahnhof. Die Fahrt über dachte der Gelehrte darüber nach, wie er es Lord Craven beibrachte, daß er schon wieder Geld brauchte. Und daß er auf dem Patent Bureau leider nicht hatte erfahren können, ob Torrington ihm nun doch noch zuvorgekommen war. Dieser Ärmelschoner hatte ihm einfach die Auskunft verweigert und ihn darauf verwiesen, er möge das Prüfungsverfahren abwarten. Ob er einem Earl Steward of Craven, Marquess of Queensbury gegenüber auch so halsstarrig gewesen wäre?

Lord Craven hatte die Kutsche kommen hören und empfing den Gast persönlich, allerdings mit ernster Miene. „Sie haben Ihren Auftrag ausgeführt, Mister Bathurst?"

„Wie ich schon telegraphierte. Gestern vormittag habe ich den Antrag eingereicht, und er wurde nicht mehr beanstandet."

„Vormittag? Wollten Sie nicht eigentlich gleich morgens zum Patent Bureau gehen?"

„Morgens - vormittags - was macht das für einen Unterschied?"

„Vielleicht den entscheidenden, wenn Torrington schnell war. Seit es ihm gelungen ist, ihm und seiner Tochter, sich mir zu entziehen, rechne ich mit dem Schlimmsten." Craven faßte seinen Besucher beim Arm und führte ihn in den Salon, wo er ihm einen Sessel anwies und gegenüber Platz nahm.

„Er kann nicht so weit gewesen sein. Und er hat noch nie ein Patent eingereicht. Ihm fehlt die Erfahrung mit diesen Formalitäten."

„Ihnen etwa nicht? Oder wie ist die Panne mit der Unterschrift zu erklären? Jedenfalls wußte er, was auf dem Spiel steht. Der Mann ist ja nicht dumm."

„Und seine rotschopfige Tochter auch nicht. Ein gerissenes Luder. Verdingt sich hier als Küchenhilfe und befreit nebenbei ihren Vater."

Craven ging durchaus auf, wie Bathurst, wenngleich nicht ungeschickt, vom Thema abzuweichen versuchte, indem er sein Augenmerk auf

Torringtons Tochter lenkte. Das verfing aber nicht. „Warum also konnten Sie den Antrag nicht gleich morgens einreichen?“

„Es war ja praktisch morgens. Ich wurde nur ein wenig aufgehalten. Wissen Sie, ich bin mit meiner Miete im Rückstand, und meine Wirtin ist schon ungeduldig, deshalb mußte ich noch zum Pfandhaus.“

„Hätten Sie das nicht hinterher erledigen können?“ Er hielt inne und entdeckte offenbar gerade, angesichts des zu erwartenden Erfolgs, seine großzügige Seite. „Na schön, was schulden Sie Ihrer Wirtin?“

Bathurst rechnete rasch den Betrag zusammen, den Mrs. Maddison von ihm erwartete, zuzüglich jenem, den er benötigen würde, um bei Levi Silverman die Platinelectroden wieder auszulösen. Der Hoffmannsche Apparat war zwar hinüber, aber das war schließlich kein Grund, die kostbaren Electroden fahren zu lassen. „Alles in allem achtzig Pfund, Mylord.“

Craven erhob sich. „Warten Sie.“

Der verschuldete Gelehrte atmete innerlich auf. Die Geschichte von der Miete war ja nicht einmal gelogen. Nur der Betrag war ein wenig nach oben korrigiert.

Tinte, Feder, Schuldschein. Das Procedere war Bathurst inzwischen durchaus geläufig, obwohl er sich diesmal für einen kleinen Moment tatsächlich der Illusion hingegeben hatte, Craven könnte ihm den Betrag vielleicht aus reiner Menschenfreundlichkeit schenken. Aber das wäre nicht Lord Craven gewesen. Ethan Bathurst unterzeichnete. Achtzig Pfund tiefer auf dem Weg zur Hölle, sagte er zu sich. Oh, wollte sich doch jemand erbarmen und alle Spielsalons der Welt anzünden.

*

Tag für Tag verging. Sir Finley arbeitete in seiner Werkstatt an einer Wiederholung der entwendeten Geräte. Für einige der erforderlichen Materialteile hatte er erneut sein nicht eben üppiges Bankguthaben angreifen müssen, das er mit den vierzig Pfund Anmeldegebühr schon erheblich belastet hatte. Und sollte man ihm das Patent tatsächlich erteilen, so würden weitere Gebühren anfallen, um es aufrecht zu erhalten. Also würde er es an ein Unternehmen verkaufen müssen. Zum

Beispiel an die ISPC und deren Geschäftszweig Aetherfunk. Deren Hauptactionär Craven war. Nicht, daß er es bedauerte, Craven auf diese Weise zum Ausgleich für das von ihm erlittene Ungemach wenigstens etwas Geld abnehmen zu können, aber die Vorstellung, daß die ISPC dann das große Geschäft damit machte, ging ihm entschieden contre coeur.

Amber gab mittlerweile nachmittags einem geistig etwas verarmten Jüngelchen aus reichem Hause Nachhilfe in Latein, für ein Halfcrown die Stunde, um so das Familieneinkommen ein wenig aufzubessern. Die Bekanntschaft ihres Vaters mit Lady Lansdon hatte ihr diesen Schüler vermittelt. Glücklich war sie damit nicht, dieser Harvey Affingham war in einer Weise begriffsstutzig, daß er sie zur Verzweiflung trieb. Aber was half es, sie brauchten das Geld.

Vormittags erledigte sie den Haushalt. Und in den Stunden, in denen sie ihre eigene Herrin war, las sie und träumte sich zurück in das Reich hinter dem Spiegel, das ihr einmal für kurze Zeit Zutritt gewährt hatte. In dem sie Prinzessin gewesen war und ein edler Prinz namens Edward sie aus Gefahr gerettet hatte. In der Erinnerung verklärten sich die Schrecknisse von Craven Manor zu einem aufregenden Abenteuer.

Einmal, inzwischen vor Wochen, hatte der Prinz ihr eine Nachricht in die diesseitige Welt geschickt. Ein Gedicht auf einem Zeitungsrand. Und eine zerbröselte Rose. Und außerdem gab es da immer noch ein in nicht mehr viel besserem Zustand befindliches Lavendelsträußchen, das nichtsdestoweniger noch leicht duftete. Amber schloß das Kuvert und steckte es zurück unter das Kopfkissen. Roch an dem Lavendel. Seufzte. Und wandte sich wieder ihrer Lektüre zu:

Träumt er zur Erde,
wen, sagt mir, wen meint er?
Schwillt ihm die Träne,
was, Götter, was weint er?
Bebt er, ihr Schwestern,
was, redet, erschrickt ihn?
Jauchzt er, o Himmel,
was ist's, was beglückt ihn?

*

Es klopfte an der Haustür. Es war die Zeit des Briefboten. Ihren Vater in der Werkstatt wissend, wo er nichts hören würde, warf sie einen Blick aus dem Fenster, erkannte die Postuniform, und öffnete. „Zwei Briefe für Ihren Vater, Miss Torrington."

„Vielen Dank."

Sie nahm die Umschläge entgegen. Zwei gleich. Ach, möchte doch einer wenigstens an sie adressiert sein. Aber nein, wirklich beide an Sir Finley Torrington. Der eine trug einen Absender, der ihr nichts sagte: Anwaltskanzlei Avery Upside und Clifford Downunder. Der zweite wies das Siegel des Patent Bureau auf. Obwohl keiner der Briefe von ihrem Prinzen stammte, machte ihr Herz einen Sprung. Die lang erwartete Nachricht?

Sie eilte zur Werkstatt. „Vater, du hast Post vom Patent Bureau. Und von einer Anwaltskanzlei."

„Und, was steht drin?"

Die Frage versetzte ihr einen kleinen seelischen Stich. Sie wußte, daß ihr Vater ihr vollständig vertraute. Er gestattete es ihr nicht nur, er hatte es sogar erwartet, daß sie seine Post öffnete. Während sie den Brief Edwards die ganze Zeit über vor ihm verheimlicht hatte. Natürlich war ein so persönlicher Brief etwas anderes als ein geschäftliches Schreiben. Dennoch bekam sie ein schlechtes Gewissen. „Ich habe ihn nicht geöffnet, Vater."

„Dann gib ihn mir."

Er nahm die Umschläge entgegen, öffnete den ersten mit einem Schraubenzieher, weil dieser das nächstgelegene geeignet erscheinende Werkzeug war, und zog den Briefbogen heraus. Rasch überflog er die Zeilen. Setzte sich auf einen Schemel und las noch einmal langsam.

Sir Finlay Torrington. In der Angelegenheit Ihrer Patentanmeldung, betreffend ein Gerät zur wechselseitigen drahtlosen Kommunikation mittels gesprochener Nachrichten mit auswählbaren Gesprächspartnern, können wir Ihnen mitteilen, daß das Prüfungsverfahren abgeschlossen ist. Bedauerlicherweise kann die Eintragung in die Patentrolle nicht erfolgen, da ein nahezu gleichlautendes Patent bereits vor dem Ihren beantragt wurde. Wir verweisen auf PATENT # 1905647, BETREFFEND EINE VORRICHTUNG ZUR DRAHTLOSEN ÜBERTRAGUNG GESPROCHENER NACHRICHTEN AN AUSWÄHLBARE PERSONEN, das auf Wunsch gegen eine Gebühr von 5 Schilling im Patent Bureau, Williams Lane, eingesehen werden kann. Der Vorgang ist damit erledigt, weitere Gebühren fallen nicht an. Rechtsbehelfsbelehrung: Gegen diesen Bescheid kann mit einer Frist von vier Wochen beim imperialen Handelsgericht Einspruch eingelegt werden, die Kosten trägt der Antragsteller. Für die Richtigkeit: Hornblower, Verwaltungs-Oberamtmann.

„Abgelehnt", sagte Torrington tonlos und reichte das Blatt mit kraftloser Hand seiner Tochter. „Bathurst war schneller."

Sie trat zu ihm und legte einen Arm um seine Schultern. „Oh, Vater, das tut mir so leid."

„Schon gut, Liebes. Schon gut. Man muß wissen, wann man verloren hat."

Er seufzte. „Und was ist also mit dem anderen Brief?"

Sie gab ihm den Umschlag. Diesmal bemühte er sich nicht um eine sachgerechte Öffnung, er riß ihn mit der Hand auf. „Das ist..."

Anwälte Avery Upside und Clifford Downunder, zugelassen an allen imperialen Gerichten. Sir Findlay Torrington. Hiermit zeigen wir Ihnen an, daß uns die Imperial Steam Propulsion Company, vertreten durch Earl Stewart of Craven, Marquess of Queensbury, mit der Wahrnehmung ihrer Interessen beauftragt hat. Die ISPC befindet sich im Besitz eines Patentes No. 1905647, betreffend eine Vorrichtung zur drahtlosen Übertragung gesprochener Nachrichten an auswählbare Personen. Es ist der ISPC bekannt, daß dieses Patent von Ihnen durch Benutzung entsprechender Einrichtungen ohne Entrichtung einer vertraglichen Nutzungsgebühr mißachtet wird. Sie werden hiermit kostenpflichtig ermahnt, die Nutzung umgehend einzustellen, die betreffenden in Ihrem Besitz befindlichen Geräte dauerhaft unbrauchbar zu machen und eine entsprechende Unterlassungserklärung zu unterzeichnen. Ein vorbereitetes Schriftstück und eine Gebührenrechnung über 10 Prozent des veranschlagten Streitwertes liegen bei. Sie werden aufgefordert, diese binnen drei Tagen unterschrieben an uns zurückzusenden, widrigenfalls wir Klage beim imperialen Handelsgericht erheben müßten, was für Sie mit erheblichen weiteren Kosten verbunden wäre. Avery Upside, Advokat.

„Und jetzt?" fragte Amber, nachdem auch sie diesen Brief gelesen hatte.

Ihr Vater blickte auf die beiden Marconiphone, die fast fertig auf seinem Arbeitstisch lagen. „Jetzt lege ich diese Dinger auf die Richtplatte und schlage mit dem Vorschlaghammer darauf. Dann unterschreibe ich diese Erklärung, bezahle die Gebühr, und wir vergessen das Ganze. Er gibt, verdammt nochmal, andere Dinge zu erfinden als Marconiphone. Die haben mir jetzt weiß Gott genug Ärger eingebracht."

Es schmerzte Amber zutiefst, ihren Vater so niedergeschlagen und mutlos zu sehen. In ihr erwachte der Widerstand gegen diese himmelschreiende Ungerechtigkeit. Sie würde zurückkehren in die Welt hinter dem Spiegel. Und sie würde das Ungeheuer zur Strecke bringen, vor dem sie beim letzten Mal noch geflohen war. Sie, Amber Torrington. Sie reckte sich um einen Zoll. „Würde es nicht, um die Geräte unbrauchbar zu machen, genügen, die galvanische Zelle auszubauen?"

Er schloß die Augen. „Sicher. Aber was würde das bringen?"

„Dann müßtest du nicht noch einmal von vorn anfangen, wenn wir Craven besiegt haben."

„Craven besiegen? Wie stellst du dir das vor?"

„Ich weiß es noch nicht. Aber in Psalm 37 steht: *,Befiehl dem Herrn deine Wege und hoffe auf ihn, er wird's wohlmachen und wird deine Gerechtigkeit hinaufführen wie das Licht und dein Recht wie den Mittag.'* Und weiter: *,Die Gottlosen ziehen das Schwert und spannen ihren Bogen, daß sie fällen den Elenden und Armen und morden die Frommen, aber ihr Schwert wird in ihr eigenes Herz dringen und ihr Bogen wird zerbrechen'."*

8. Vögel

Ach ja, dachte Amber Torrington mit einem lautlosen Seufzen. *Wie ein Apfelbaum unter den wilden Bäumen, so ist mein Freund unter den Jünglingen. Unter seinem Schatten zu sitzen begehre ich, und seine Frucht ist meinem Gaumen süß.*

Sie schreckte aus ihren Träumen auf, als ein Ruck durch den Waggon ging. Die Lokomotive zischte, die Bremsen kreischten, der Zug hielt.

„Dalston Junction! Hier ist Dalston Junction! Endstation, bitte alles aussteigen!"

Mehrere Briefe an Edward hatte sie geschrieben und anschließend sogleich ins Feuer geworfen, weil ihre Worte ihr nichtssagend vorkamen. Und außerdem war sie nicht sicher, ob es eine gute Idee gewesen wäre, ihm einfach nach Craven Manor zu schreiben. Wie, wenn so ein Brief dort in falsche Hände kam? Andererseits war es doch Edward, dem es oblag, die Post für Craven Manor von der Bahn abzuholen. Und das wiederum hatte sie schließlich auf den Gedanken gebracht, anstelle eines Briefes gleich sich selbst zu versenden. Mit anderen Worten, eines Tages war sie in den Mittagszug gestiegen, der auch die Post mitnahm.

Vom Marconiphon war im Hause Torringtons, einer stillschweigenden Übereinkunft gemäß, nicht mehr die Rede gewesen. Ihr Vater hatte dieses Kapitel - unter schmerzlichem finanziellem Verlust - für abgeschlossen erklärt. Inzwischen bastelte er an etwas anderem, das irgendwie mit Preßluft zu tun hatte und das man, wenn er in der Werkstatt arbeitete, bisweilen explosionsartig knallen hörte. „Nichts schlimmes, Liebes. Ein neuartiger Antrieb, der vielleicht irgendwann einmal mit der Qualmbelästigung in der Underground ein Ende machen wird."

Amber stieg aus dem Zug und schlenderte über den Bahnsteig, dem Ausgang zu. Plötzlich hatte sie es nicht mehr eilig. Den Blick auf den Boden geheftet, hoffte sie, daß Edward vielleicht doch nicht kam, oder daß er sie übersehen würde, und überhaupt war das ganze eine durch und durch alberne Idee gewesen. Daß sie nicht einfach umkehrte und wieder in den Zug stieg, lag vielleicht nur daran, daß sie dann das Geld für die Fahrkarte völlig nutzlos ausgegeben hätte.

„Amber?"

Er war es, und ihr Herz wollte ihr die Brust sprengen. Sie blieb stehen und hob vorsichtig den Kopf. Er stand fünf Schritte vor ihr, setzte zu einer Bewegung an, als wolle er auf sie zustürmen, aber dann ließ er es doch bleiben. „Hallo, Edward", sagte sie leise.

Er tat einen Schritt. „Ich hab dich an den roten Haaren erkannt."

„Ja." Sie probierte ein Lächeln. „Ich wollte dir schreiben, aber ... ich wußte nicht, ob vielleicht jemand anders den Brief liest."

„Du hast meinen ... Brief bekommen?" Verlegenheit lag auf seinem Gesicht. „Ich hoffe, ich bin dir damit nicht zu nahe getreten?"

„Ich ... nein, ich hab' mich gefreut." Jetzt stand sie vor ihm.

Er ergriff mit beiden Händen vorsichtig die Finger ihrer Rechten.

„Schön, dich wiederzusehen."

„Ich dachte, du würdest kommen, um die Post abzuholen. Deshalb nahm ich diesen Zug."

„Ich hol sie immer. Du kannst mir ruhig schreiben, ich seh es ja zuerst."

„Das ist schön."

„Hast du Lust auf einen Spaziergang? Die Sonne scheint. Auf den Feldern geht die Saat auf. Es sieht schön aus."

„Hast du so viel Zeit?"

„Auf ein paar Minuten kommt es nicht an. Ich sag, der Zug hatte Verspätung."

Er grinste lausbubenhaft. Wenn er grinste, sah er unwiderstehlich aus. Spontan nahm sie seine Hand. „Na, dann laß uns gehen."

Steh auf, meine Freundin, meine Schöne, und komm her! Denn siehe, der Winter ist vergangen, der Regen ist vorbei und dahin. Die Blumen sind aufgegangen im Lande, der Lenz ist herbeigekommen, und die Turteltaube läßt sich hören in unserem Land.

*

Dank der Vorarbeiten, die Torrington geleistet hatte, gelang es der ISPC binnen drei Monaten, die Produktion des Cravenphons aufzunehmen. Die Abteilung Aetherfunk war um eine Produktionsstätte erweitert worden, in der die ersten Geräte serienmäßig gefertigt wurden. Unter dem bezeichnenden Titel

Verpassen Sie nicht den Anschluß!

annoncierte das Unternehmen in allen Tageszeitungen und empfahl dem modernen und für innovative Technologien aufgeschlossenen Interessierten eine zukunftweisende Art der Kommunikation:

Kein Gang zur Telegraphenstation mehr nötig. Direkte Übertragung des gesprochenen Wortes. Jederzeit erreichbar. Handlich wie ein Taschenbuch. Monatliche Nutzungspauschale enthält alle Verbindungen und Auswechseln der galvanischen Zelle im Falle deren Erschöpfung. Einfach und leicht bedienbar. Gerät in zwei Ausführungen lieferbar. Klassisch: Ebenholz mit Messingbeschlägen. Luxus: Elfenbein und Silber, individueller Klingelton wählbar, drei Tasten zur schnellen Herstellung häufig benötigter Verbindungen. Die Anschaffungsgebühr entfällt für die ersten fünfzig Vertragsabschlüsse.

An Fabrikschornsteinen, Glockentürmen und anderen exponierten Punkten der Stadt und ihrer Vororte wuchsen die charakteristischen Spulensätze der Transscribeur-Stationen, deren Hochfrequenz nachts ein bläulich leuchtendes Elmsfeuer verbreitete, und spätestens zu diesem Zeitpunkt konnte auch Torrington die Entwicklung nicht mehr ignorieren, so gern er es getan hätte. Jeder Besorgungsgang konfrontierte ihn mit der Anwesenheit eines solchen Verstärkers, dessen Funktionsweise er nur zu gut kannte.

Die getätigten Investitionen mussten immens gewesen sein, überlegte er, denn das Netz der Verstärker mußte die Stadt abdecken, bevor auch nur die ersten Interessenten ein Gerät erwarben. Die angebotenen

Geräte besaßen nunmehr zwölf Einstellhebel, wodurch sich über viertausend Teilnehmer adressieren ließen. Eine Anzahl übrigens, die nach seiner Meinung kaum ausgeschöpft werden konnte; bei einer Gebühr von dreißig Pfund im Monat, zusätzlich zur Anschaffung wohlgemerkt, würde das Gerät ein Luxusartikel für Wohlhabende bleiben. Er selbst jedenfalls konnte sich das nicht leisten, abgesehen davon, daß er auch in besser situierten Lebensumständen ausgerechnet Craven und der ISPC keinen müden Penny in den unersättlichen Rachen geworfen hätte.

*

Das zugegebenermaßen arg vernachlässigte Rosenspalier an Torringtons Haus grünte und ließ erste Knospen erahnen. Die Sonne lächelte milde am blaugrauen Himmel, und ohne den beständigen Dunst der Stadt, dem Rauch aus ungezählten Kaminen geschuldet, hätte dieser sogar tiefblau sein können. Die Nächte wurden erkennbar kürzer, was Torrington übrigens den Anblick der Aureolen an den Transscribeuren vorerst ersparte, indem er nicht mehr in der Dunkelheit unterwegs sein mußte, wenn es sich denn vermeiden ließ.

An jenem Vormittag hielt eine weiße, mit zwei Schimmeln bespannte Equipage vor dem Haus mit dem verwucherten Rosenspalier. Der Kutscher zog die Bremse fest, legte die Zügelenden um den Knauf, stieg herab, öffnete den Wagenschlag und half seinem Fahrgast beim Aussteigen. Heraus stieg eine Dame im weißen Sommerkleid mit betonter Taille und weitem Rock, auf dem Kopf einen blumendekorierten Hut, das rote Haar im Nacken gebunden, weiße Handschuhe an den Händen: Lady Isobel Lansdon.

Sie befehligte ihr Personal wie immer wortlos mit Gesten und Blicken. Eine knappe Handbewegung, und der Kutscher eilte ihr voraus zur Haustür. Eine Glocke gab es nicht, er mußte klopfen. Die Gardine an dem Fenster neben dem Eingang bewegte sich. Es verging die Zeit, die Sir Finley benötigte, um seine Hemdmanschetten zu schließen. Dann öffnete er persönlich.

Obwohl er - mit gelinder Verwunderung - den Kutscher erkannt hatte, traf ihn die Erscheinung der Besucherin, die inzwischen die Tür erreicht hatte, überraschend. „Lady Isobel!" Er starrte einige peinliche Sekunden lang ihre überirdisch wirkende Erscheinung an, dann besann er sich der Umgangsformen und verneigte sich zu einem Handkuß.

„Ich wage es nicht, Sie hereinzubitten", gestand er. „Ich arbeite gerade in der Werkstatt und bin nicht auf Besuch vorbereitet. Zumal auf so hohen."

„Schmeichler", lächelte die Lady. „Ich würde wetten, daß ich in Ihrer Wohnung keinerlei Grund zur Beanstandung fände, zumal ich sie in der Obhut dieser tüchtigen jungen Dame weiß." Die tüchtige junge Dame war gerade hinter ihren Vater getreten, und die Lady fügte demgemäß hinzu: „Guten Morgen, Amber."

„Guten Morgen, Lady Isobel." Sie knickste artig.

„Wollen Sie mich denn wirklich auf der Straße stehen lassen, Sir Finley?"

„Ich bitte um Verzeihung." Er trat zur Seite und bat die Lady mit einer einladenden Geste herein. Mit einer einzigen Augenbewegung schickte jene ihren Kutscher zurück zum Wagen und hieß ihn dort warten.

Es gab in der Tat keinen Anlaß, den Zustand des Wohnzimmers zu bemängeln. Amber stellte nur rasch noch ein Buch ins Regal. „Ich bin gekommen, mich zu verabschieden", erklärte Lady Lansdon. „Ich gedenke, die nächsten Monate auf unserem Landsitz zu verbringen."

„Ach so", sagte Torrington. Er hätte es wissen können, der Frühling lockte sie jedes Jahr aufs Land, nur die ungemütlichen Jahreszeiten pflegte sie in der Stadt zu verbringen. „Nun, dann wünsche ich eine angenehme Reise."

„Danke. Ich hoffe nur, die Störungen werden sich in Grenzen halten."

„Wer sollte Sie stören, Mylady?"

„Nun, hoffentlich niemand. Ich habe kaum jemandem meine Nummer mitgeteilt." Auf Torringtons verständnislosen Blick hin öffnete sie ihren Pompadour und zog, verlegen lächelnd, ein Ebenholzkästchen mit Messingbeschlägen heraus. „Lord Craven hat mich überzeugt, daß eine Person von Stand heutzutage nicht auf dieses ... Gerät verzichten kann. Der Erreichbarkeit in dringenden Angelegenheiten wegen."

Sir Finleys Blick erstarrte und blieb auf dem Apparat haften. „Das ist...“ flüsterte er.

„Ein Cravenphon. Ja. Ich erhielt eines des ersten. Kostenlos. Als Mann der technischen Neuerungen verstehen Sie ja sicherlich mehr davon als ich. Ich weiß nur, wie man es bedient. Allerdings bin ich nicht, wie meine gute Köchin Hollie, der Ansicht, daß es sich um eine Erfindung des Teufels handelt.“

Amber, die bis hierher geschwiegen hatte, konnte nun nicht mehr an sich halten. „Es ist eine Erfindung meines Vaters“, schrie sie. „Sie ist nur dem Teufel in die Hände gefallen!“

Lansdon und Torrington erschraken synchron ob dieses Ausbruchs.

„Wie bitte?“ machte Lady Lansdon.

Sir Finley erwog, seine Tochter zurechtzuweisen, entschied sich aber dagegen. Sie hatte ja recht. „Wenn Sie mir in meine Werkstatt folgen mögen, Lady Isobel, dann zeige ich Ihnen einmal etwas.“

Er führte sie in den Arbeitsraum, öffnete ein Schubfach und nahm die beiden Marconiphone heraus. „Hier. Das sind die Prototypen. Oder besser, die Nachbauten der Prototypen, denn die Originale hat Lord Craven mir gestohlen.“

„Und dann als seine Erfindung ausgegeben? Aber - das ist ja ungeheuerlich!“ entsetzte sich die Lady. „Warum sind Sie nicht dagegen vorgegangen?“

„Weil Lord Craven die besseren Advokaten hat. Er ist mir mit der Patentanmeldung zuvorgekommen, und einen Rechtsstreit mit der ISPC kann ich mir leider nicht leisten.“

„Soll ich Ihnen behilflich sein, Sir Finley? Ich verschiebe meine Abreise und kümmere mich um einen Anwalt, der Ihre Sache vertritt“, bot Lady Lansdon spontan an.

„Lassen Sie nur.“ Torrington seufzte. „Fahren Sie auf Ihren Landsitz und genießen Sie den Sommer. Ich habe mich mit dem Verlust mehr oder weniger abgefunden.“

„Mehr *mehr* - oder mehr *weniger*?" Sie hob zweifelnd die Augenbrauen.

Er zuckte mit den Schultern. „Egal. Belasten Sie sich nicht damit."

„Nun, wie sie meinen." Sie betrachtete ihren Apparat, dann traf sie eine Entscheidung. „Ich werde dieses Ding nicht mitnehmen. Ich hatte auf die Luxusversion verzichtet, weil ich mir drei Nummern auch noch im Kopf merken kann - und weil ich weiß, woher Elfenbein stammt. Aber nachdem ich weiß, woher die *Idee* stammt, verzichte ich völlig darauf. Ah! Ich habe immer geahnt, daß Lord Craven, trotz aller seiner schmeichelhaften Worte, ein Ungeheuer ist. Hollie hat recht. Es *ist* Teufelszeug! Hier! Verfahren Sie damit, wie Sie wollen." Damit warf sie ihr Cravenphon neben die beiden Marconiphone auf die Arbeitsplatte.

Gegen seine innere Überzeugung erklärte Sir Finley, auf ihre vorherige Frage zurückkommend: „Wenn Sie im Herbst wieder in die Stadt zurückkehren, wird mein Abfinden mit dem Verlust jedenfalls mehr *mehr* sein."

Ein Lächeln stahl sich auf ihr sommersprossiges Gesicht. „Ich wünsche es Ihnen von Herzen, Sir Finley. Und nun bitte ich, mich zu entschuldigen. Ich möchte meinen Kutscher nicht länger warten lassen."

„Selbstverständlich." Er geleitete sie zum Ausgang und verabschiedete sie mit einem Handkuß. „Leben Sie wohl, Isobel."

Amber und ihr Vater blickten der weißen Kutsche nach, bis sie um die Straßenecke verschwand. Dann kehrten sie ins Haus zurück. Amber betrachtete Lady Lansdons zurückgelassenes Cravenphon mit Abscheu. „Was wirst du jetzt damit machen? Richtplatte? Vorschlaghammer?"

„Gewiß nicht. Möglicherweise wird die Lady ihren spontanen Entschluß nach einer Weile bereuen. Am besten wäre es, ich brächte es zurück zu ihrem Haus und übergäbe es ihrem Butler Stanley zur Aufbewahrung. Ich habe jetzt nur eigentlich anderes zu tun. Ich habe vorhin die Undichtigkeit in diesem Preßluftantrieb gefunden und würde gern sehen, ob die Ventildichtung allein..."

„Soll ich gehen? Ich nehme die Underground, dann kann ich bis zum Mittag zurück sein."

„Wenn du es für mich tun möchtest, Liebes.“

*

Am späten Vormittag läutete Amber Torrington, etwas Ruß im Gesicht, von dem nur die von der Schutzbrille verdeckte Augenpartie ausgenommen war, an der Tür des Lansdonschen Stadthauses. Stanley öffnete ihr. „Miss Torrington!“ rief er erstaunt aus. „Lady Lansdon ist aber heute früh abgereist.“

„Ich weiß, Mister Stanley. Sie war noch bei uns, um sich zu verabschieden. Dabei hat sie das hier liegen lassen. Mein Vater bittet darum, es bis zu ihrer Rückkehr aufzubewahren.“

Stanley nahm das Kästchen mit den Messingbeschlägen entgegen. „Oh, oh“, machte er leise. „Das wird Hollie aber gar nicht gefallen.“

„Was wird Hollie nicht gefallen?“

„Dieses Ding im Haus zu wissen. Sehen Sie, Miss Torrington, unsere Köchin ist eine herzensgute Seele, aber von ein wenig - nun ja - mittelalterlichem Gemüt. Sie mißtraut diesem Gerät. Schon gleich damals, als ...“ Er unterbrach sich, als ihm bewußt wurde, daß er beinahe eine Indiskretion begangen hätte. Oder zumindest eine bereits begangene Indiskretion offenbart. War es doch eben diese Amber Torrington gewesen, deren Gespräch mit ihrem Vater er damals belauscht hatte. „Sie ist der Ansicht, daß dieses Gerät die Seele von jemandem aufsaugt, der sich in dessen Nähe begibt. Und diese Spulen, die jetzt überall an den Schornsteinen errichtet wurden, bestätigen sie in ihrem Glauben. Sie leuchten nachts wie Irrlichter, sagt sie, und bekanntlich seien Irrlichter ja ruhelose Seelen...“

„Sie glauben das aber nicht, vermute ich?“ In einem speziellen, übertragenen Sinn glaubte sie es ja selbst, erkannte Amber.

„Ich nicht. Aber ich kann Ihnen versichern, Sie werden in den Pubs und auf den Straßen eine Menge Leute finden, die diese Ansichten, wenn auch vielleicht nicht in dieser radikalen Form, teilen. Sehen Sie, diese Cravenphone sind etwas für Wohlhabende, wovon unsereins keinen Vorteil hat. Für uns bleiben allein diese Irrlichter, von denen niemand wirklich sagen kann, was sie bewirken.“

„Hm.“

„Übrigens hörte ich, daß auch die glücklichen Besitzer der neuen Technologie nicht nur Freude daran haben. Neulich soll jemand des Opernhauses verwiesen worden sein, nachdem mitten in der Vorstellung die Glocke seines Cravenphons angeschlagen hatte und er sich dann auch noch erdreistete, das Gespräch anzunehmen und vor aller Ohren einen Streit mit seiner Frau auszutragen. Wodurch sich für die Insassen der benachbarten Logen erhellte, daß die Dame, mit der er in der Oper saß, jedenfalls nicht seine Frau war. Also, mir wäre das peinlich.“

Amber fühlte sich durch die bildliche Vorstellung der Szene durchaus erheitert. Dann fiel ihr ein, daß sie vor einiger Zeit ihren Vater genau in dieser Weise und ausgerechnet in diesem Hause bei einem Konzertabend gestört hatte. Folglich schluckte sie die Bemerkung, die ihr bereits auf der Zunge lag, hinunter.

„Wie auch immer, Mister Stanley, ich vertraue Ihnen also dieses Gerät an. Vielleicht sollten sie es gleich unauffällig verschwinden lassen, so daß Ihre Köchin es gar nicht erst zu Gesicht bekommt.“

„Das werde ich. Ich wünsche einen schönen Tag und meine Empfehlung an Ihren Herrn Vater.“

Amber blickte zum sonnigen Himmel empor. „Ein schöner Tag wird es zweifellos werden. Vielen Dank, Mister Stanley.“

Sie wanderte zurück zur Station der Underground, löste ein Billett, stieg die Treppe hinab zum Bahnsteig und setzte schon einmal die Schutzbrille auf. Eine Bemerkung Stanleys hatte sich in ihrem Kopf festgesetzt: Für uns bleiben allein diese Irrlichter, von denen niemand wirklich sagen kann, was sie bewirken. Konnten sie denn etwas bewirken? Immerhin waren es doch im Grunde Aetherfunkstationen wie die, die zur Verbindung mit Schiffen und überseeischen Stationen benutzt wurden. Und um deren Luftdrähte herum pflegte man ein großes Areal abzusperren, damit niemand ihnen zu nahe kam. Sie strahlten eine zwar unsichtbare, aber gewaltige Kraft in den Aether ab, die in tausenden Kilometern Entfernung noch einen Kohärer zum Ansprechen brachte. Gewiß, die Reichweite der Transscribeure war nur ein Bruchteil davon. Und sie hatte bisher nichts davon gehört, daß jemand durch deren Wellen zu Schaden gekommen wäre. Aber was die Wellen am Körper anrichteten oder nicht, das war das eine. Was sie hingegen in den Gehirnen bewirken konnten, zeigte das Beispiel der Köchin Hollie...

Mit schnaufender Lokomotive, deren Ausdünstung der Gesundheit aller Reisenden vermutlich abträglicher war als die aller Transscribeure zusammen, lief der Zug in die Station ein. Hier unten, dachte Amber, wird dafür wenigstens keine Amsel an seinen Fenstern zerschellen. Der Anblick des fauchenden Leviathan erinnerte sie daran, daß auf Craven Manor immer noch der bislang unbesiegte Drache auf sie wartete. Und plötzlich verknüpften sich alle diese Überlegungen zu einer furchtbaren Idee. Es war widerwärtig und schrecklich, aber soeben war ihr die geeignete Waffe in die Hand gegeben worden!

Wer wird mich führen in die feste Stadt? Wer wird mich nach Edom leiten? Wirst du es nicht tun, Gott, der du uns verstoßen hast, und ziehst nicht aus, Gott, mit unserem Heer? Schaff uns Beistand vor dem Feind, denn Menschenhilfe ist nichts nütze. Mit Gott wollen wir Taten tun. Er wird unsere Feinde niedertreten!

*

Sie hatte geahnt, daß es schlimm sein würde, aber es war noch viel schlimmer. Ihren Vater konnte sie nicht ins Vertrauen ziehen, er hätte ihren Plan niemals gutgeheißen. Ohne die Hilfe Edwards, dem sie sich schließlich anvertraut hatte, hätte sie es nicht geschafft. Das Rupfen eines einzelnen Huhns hatte bereits ausgereicht, um ihr übel werden zu lassen. Und jetzt...

„Ich dachte, du freust dich, mich zu sehen", begrüßte er sie, als sie aus dem Zug stieg. Ihr Gesicht mußte allen Widerwillen und Abscheu zur Schau tragen, den sie im Innersten empfand. In der Tat hatte sie die Augen zusammengekniffen und die Stirn in tiefe Falten gelegt.

„Es geht nicht gegen dich, Edward. Entschuldige. Es ist ... deswegen." Sie wies auf den Korb, den der Junge bei sich hatte, und in dem etwas in Zeitungspapier eingewickelt lag, das man nicht erkennen konnte. Aber sie wußte, was es war.

„Sieben“, sagte er. „Mehr habe ich nicht gefunden. Es könnten mehr sein, wenn du mir gestatten würdest, ein paar Spatzen mit der Armbrust herunterzuholen.“

„Um unserer Liebe willen, nein!“ entgegnete sie heftig. „Niemals soll eine unschuldige Kreatur für meine Pläne sterben müssen!“

„Schon gut“, beschwichtigte er. „Ich tu’s ja nicht. Vier fand ich am Bahndamm. Drei im Wald. Man muß schnell sein, sonst haben die Krähen sie gefressen.“

„Erspar’ mir bitte die Details. Tu sie in meinen Korb“, verlangte sie mit zusammengebissenen Zähnen.

Edward packte das Zeitungspapier samt Inhalt in Ambers Korb um.

„Soll ich weiter sammeln?“

So gern hätte sie nein gesagt, um dieses makabre Spiel zu beenden, aber sie durfte es nicht. Nicht, bis sie ihren Plan vollendet oder sein Scheitern eingesehen hatte. „Ja, bitte.“

„Ich hatte mir unsere Treffen etwas romantischer vorgestellt“, gestand er.

„Ich auch, Edward. Aber angesichts dieser ... schrecklichen Dinge bin ich nicht in der Stimmung für Romantik. Tut mir leid. Die andere Zeit wird kommen, das verspreche ich dir.“

Er seufzte entsagungsvoll. Was tat man nicht alles für das Mädchen, das man liebte. „Du fährst mit dem gleichen Zug zurück?“

Sie nickte. Mit fauchendem Dampf und klappernden Kupplungen wurde hinter ihr die Lokomotive ans andere Ende des Zuges umrangiert.

„Ja, dann...“

Sie verdrängte den Gedanken an die Vogelleichen, die in ihrem Korb ruhten und einer makabren Verwendung harrten. Für einen Augenblick gelang es ihr. Sie legte einen Arm um ihn und drückte ihre Wange an seine. „Danke, Edward.“

Auf der Rückfahrt hatte sie den Eindruck, daß die Blicke aller Mitreisenden ausnahmslos auf ihr und ihrem Gepäck ruhten. Mehrmals sog sie prüfend den Atem ein, ob bereits ein Verwesungsgeruch von ihrem Korb ausging, aber so sehr die toten Vögel auch in ihre Seele hinein ihre klagenden Stimmen erhoben, objektiv war da nichts. Die Aufmerksamkeit der anderen Fahrgäste bildete sie sich wahrscheinlich nur ein. Es war das schlechte Gewissen. Und die Kenntnis dessen, was es zu wissen gegeben hätte. Sie erreichte unangefochten ihr Ziel. An diesem Tag ebenso wie an den folgenden.

*

Sir Finley Torrington war es gelungen, den Gedanken an Lord Craven und das Marconiphon in einen hinteren Winkel seines Hirns zu verbannen, von wo aus er sich höchstens in wirren Träumen noch zu Wort meldete. Die Arbeit am pneumatischen Antrieb hatte seine Konzentration für einige Zeit gebunden; jetzt hatte er sie zu einem - wenn auch unbefriedigenden - Abschluß gebracht. Das System funktionierte am Prototyp in der Werkstatt. Allerdings gab es massive Probleme mit Abdichtungen, die in einer großtechnischen Ausführung voraussehbar zu intolerablen Druckverlusten führen würden. Der Zeitpunkt für den ernsthaften Einsatz dieses Antriebs war einfach noch nicht da, zuvor müßte die chemische Wissenschaft geeignetere Dichtungsmaterialien als Naturkautschuk hervorbringen.

Eingedenk seiner Erfahrung mit den Cravens und Bathursts dieser Welt entschloß sich Torrington dennoch zu einer Veröffentlichung, wenngleich unter Hinweis auf die verbliebenen Probleme, damit diese Idee - wenn denn ihre Zeit gekommen war - der Öffentlichkeit zur Verfügung stand und nicht von der ISPC oder anderen Konzernen für sich vereinnahmt werden konnte.

Mit seinem Tagewerk also einigermaßen zufrieden, suchte Sir Finley am Abend den ‚Duke of Ilchester' auf, um Zerstreuung bei einem Bier und vielleicht einer Partie Billard zu finden.

„Ah, guten Abend Sir Finley." Elijah hielt das Glas, das er putzte, prüfend gegen das Licht des Fensters. Tatsächlich war das Jahr inzwischen soweit fortgeschritten, daß um diese Uhrzeit noch Tageslicht herrschte.

„Guten Abend, Elijah."

„Bei Ihren Erfindungen ist alles nach Plan? Ein Bier, nehme ich an.“

„Ja und ja“, nickte Torrington, beide Fragen zugleich beantwortend.

Der Wirt ergriff das soeben gereinigte Glas und begann ein Ale zu zapfen. „Da Sie nun einmal hierher gefunden haben, Sir Finley“, er senkte die Stimme, „können Sie uns vielleicht mit Ihrer Expertise behilflich sein.“

Unwillkürlich wurde auch Torrington leiser. „Wer ist ‚wir‘ und von was für einer Expertise reden Sie?“

„Nun, Sir, es ist so: Sie haben sicherlich von diesen neuen Geräten gehört, diesen Cravenphonen. Irgendwas mit Aetherfunk.“

Torrington nickte, einen schmerzlichen Zug um den Mund. „Ja, gehört schon.“

„Und auch davon, daß man an verschiedenen Stellen Verstärkerspulen angebracht hat. Diese Dinger, die nachts irrlichtern leuchten.“

Torrington hätte ihm erklären können, daß es der Luftsauerstoff war, der da unter dem Einfluß der Wellen zum Leuchten angeregt wurde, nicht viel anders als bei einem Polarlicht. Aber er nickte nur.

„Nun sind hier verschiedene Herrschaften, die sich Gedanken machen, ob von diesen Spulen eine Gefahr für die Gesundheit ausgeht. Das Problem wird seit einiger Zeit öffentlich diskutiert. Vielleicht nur von Neidern, deren es genug gibt, weil unsereins sich so ein Gerät ja kaum leisten kann. Aber Sie als Mann der Wissenschaft können da vielleicht etwas Licht in die Sache bringen.“

Spontan drängte es Torrington, eine Gefährdung durch seine Erfindung zu bestreiten. Dann fiel ihm ein, daß es nicht länger seine Erfindung war, und daß er mit dieser Erklärung im Endeffekt Lord Craven in Schutz genommen hätte. Wollte er das wirklich? Er kratzte sich nachdenklich am Kinn. „Ich denke, es hängt von der Kraft der Aetherwelle ab, die da abgestrahlt wird. Sie wissen ja, schon Paracelsus bemerkte, daß die Dosis das Gift ausmache. Von einem Glas Branntwein hat man Genuß, mit einer ganzen Flasche säuft man sich zu Tode. Ich meine, so ähnlich wird es da auch sein.“

„Und wie groß ist die Kraft der Aetherwelle?" Elijah stellte das Bier vor Torrington auf den Tresen. Jener aber breitete in einer Geste des Nichtwissens die Arme aus.

Trotz der leisen Unterhaltung hatte der Gentleman, der rechts neben ihm am Tresen lehnte, mitbekommen worum es ging. Nun meldete er sich zu Wort und warf ein: „Stark genug jedenfalls, um Vögel zu töten!"

Torrington wandte sich überrascht zur Seite. „Wie meinen?"

„Was ich sage. In letzter Zeit sind in der Umgebung dieser Spulen immer wieder tote Vögel gefunden worden. Ich meine, da fällt immer mal ein Spatz vom Himmel, aber es häuft sich. Und zufälligerweise immer in der Nähe der Spulen für das Cravenphon. Was sagen Sie dazu, Mister?"

„Davon habe ich in der Tat noch nichts gehört. Hat man die Vögel untersucht?"

„Ja, stellen Sie sich vor. Nachdem es nun seit einer Woche in Folge so geht, hat ein amtlicher Veterinärmediziner einige der gefundenen Kadaver einer Untersuchung unterzogen. Mechanische Einwirkung, hat er gesagt. Genickbruch."

„Nun, dann kann doch wohl kaum die Spule..."

„Wobei man zugeben muß", fuhr der Redner fort, „daß so ein amtlicher Veterinär sein Brot normalerweise damit verdient, im Schlachthaus das Fleisch auf Schweinetrichinen zu untersuchen. Was das Sezieren von toten Vögeln betrifft, muß er keine Koryphäe sein. Jenson, was sagst du dazu?"

Jenson war, wie es schien, der Mann zu Torringtons Linker, und inzwischen hatte die Lautstärke und Heftigkeit der Unterhaltung ohnehin so zugenommen, daß sie im ganzen Raum mühelos zu verfolgen war. So gab er sich keine Mühe zu flüstern. „Was ich sage, Jake? Ich sage dir, daß keine wie auch immer beschaffene Strahlung einem Vogel das Genick bricht. Aber sie kann ihn im Kopf verwirren, so daß er nicht mehr weiß wohin er fliegt. Und dann rennt er sich an irgendeiner Wand den Schädel ein."

„Wenn du mal nicht auch im Kopf verwirrt bist, Jenson."

„Wäre es ein Wunder? Ich sage euch: diese Strahlung macht uns über kurz oder lang alle zu Idioten. Denkt an meine Worte!"

Torrington, den man nun nicht mehr nach seiner Meinung fragte, war höchst irritiert, und das sicherlich nicht durch eine geheimnisvolle Strahlung. Er hatte mehrere Monate lang mit dem Marconiphon experimentiert, ohne daß es je in der Nähe des Transscribeurs eine Häufung von verwirrten oder toten Vögeln gegeben hätte. Allerdings hatte er an diese Möglichkeit auch niemals gedacht. Und vor allem nicht an die Möglichkeit, daß die öffentliche Meinung sich so vehement gegen seine Erfindung richten könnte. Er konnte geradezu von Glück sagen, daß es nicht sein Name war, der mit diesem Nachrichtensystem in Verbindung gebracht wurde, sondern der Name Lord Cravens. Die Lust auf Billard war ihm jedenfalls vergangen. Er trank sein Bier aus, bezahlte und ging nachdenklich heim.

*

Eine Woche später beherrschte das Thema bereits die Zeitungen. ‚Öffentliche Gesundheit in Gefahr? Was tut die Regierung?' titelte der Daily Chronicle. Presseerklärungen der ISPC folgten, Lord Craven wurde von Reportern verfolgt. Und Amber Torrington verteilte weiterhin Nacht für Nacht ein paar Vogelleichen rund um die Standorte der Verstärkerspulen. Und betete zu Gott um Vergebung.

Der öffentliche Aufruhr blieb nicht ohne Folgen für die stolzen Besitzer der Cravenphone. Nicht nur, daß sie sich im Opernhaus oder Konzertsaal angefeindet sahen, allmählich begannen sie selbst um ihre Gesundheit zu fürchten. Immerhin waren sie es, die sich diese Geräte direkt ans Ohr halten mußten, um ein Gespräch zu führen. Wenn es nun stimmte, daß die Strahlung auf die Dauer zum Wahnsinn führte?

Die ersten Verträge mit der ISPC-Aetherfunk wurden aufgekündigt. Der Absatz der Geräte stagnierte. Die ersten fünfzig kostenlos abgegebenen Cravenphone blieben die einzigen; niemand war bereit, Geld für das Teufelszeug auszugeben. Mit den gekündigten Verträgen sank wiederum die Anzahl der erreichbaren Gesprächsteilnehmer, so daß auch die anderen Besitzer nicht mehr einsahen, wofür sie Geld ausgeben sollten. Der Actienkurs der ISPC-Aetherfunk fiel an der Börse ins Bodenlose. Lord Craven mußte sich vor der Actionärsversammlung verantworten und stellte seinen Posten als Vorstandsvorsitzender zur Verfügung. Die ISPC suchte nach einem Investor, der ihre Sparte Aetherfunk übernahm, damit deren Verluste nicht den ganzen Konzern in den Abgrund rissen.

Ende September, Amber Torrington hatte schätzungsweise zwanzig Pfund für Fahrkarten Dalston Junction und retour ausgegeben und die ISPC zugleich fünfhunderttausend Pfund Verlust eingefahren, wurde das Netz der Cravenphone außer Betrieb genommen.

*

„Wenn ich könnte, würde ich lieber heute als morgen die Arbeit auf Craven Manor hinwerfen“, sagte Edward. „Ich habe keine Lust mehr, für diesen ... Kerl zu arbeiten.“

„Was hindert dich?“ fragte Amber.

„Ich muß von was leben.“

„Mein Vater kennt etliche Fabrikanten. Er könnte dir sicher eine Arbeit in der Stadt besorgen.“

„In der Fabrik arbeiten? Nein danke.“

„Nun, sie brauchen auch Kutscher. Du verstehst dich doch auf Pferde.“

„Das wär etwas anderes...“

„Ich spreche mit meinem Vater. Pack schon mal deine Sachen.“

Sie wanderten eine Weile nebeneinander her über das herbstliche Feld. Die Ernte wurde eingebracht, Garben von Weizen türmten sich allenthalben und wurden auf Fuhrwerke verladen. Das Land atmete Frieden.

„Und keine toten Vögel mehr?“ fragte Edward plötzlich.

Amber blieb stehen und sah ihn an. „Nein, keine toten Vögel mehr. Oh, Edward, es war so schrecklich. Ich höre ihre Klagen, ich spüre ihr Blut an meinen Händen; wenn ich daran denke, möchte ich mir ein Leben lang die Hände waschen, um dieses Gefühl loszuwerden.“

Er ergriff ihre Finger. „Deine Hände sind sauber und wunderschön. Du hast sie nicht getötet."

„Ich habe aus ihrem Leid Gewinn gezogen."

Er seufzte. „Du hast aber auch was Gutes bewirkt."

„Ich frage mich, ob es wirklich etwas Gutes war. Bei der ISPC sind Menschen von Arbeitslosigkeit bedroht."

„Das mein ich nicht. Ich hab gesehen, wie sehr dich das Leid der Vögel belastet hat. Du hast mir beigebracht, daß ich die Kreatur achte. Du hast gemacht, daß ich kein Fleisch mehr esse."

„Wirklich?"

„Wirklich, Amber. Ehrenwort."

Ihr war nicht völlig klar, was ihr jetzt die Tränen in die Augen steigen ließ, irgend etwas an seinen Worten, an der Situation, an den vergangenen Schrecknissen rührte sie innerlich zutiefst an. Er sah es, betrachtete sie hilflos, dann gab er dem Impuls nach und schloß sie in die Arme. „Weine nicht, Prinzessin. Es ist vorbei."

„Ich weine, *weil* es vorbei ist", schluchzte sie und ließ ihre Tränen auf seine Schulter rinnen. Er strich ihr zärtlich über die Haare und küßte ihre Schläfe.

*

Die ersten Herbstnebel trieben Lady Lansdon von ihrem Landsitz zurück in die Stadt. Sie war zwar nicht per Cravenphon erreichbar gewesen, aber die Zeitungen gelesen hatte auch sie, und so war sie über die Entwicklung unterrichtet. Besser unterrichtet letztlich als Torrington, der alles, was mit Craven zu tun hatte, weit von sich zu halten bemüht war.

Sie wies ihren Kutscher an, nicht direkt zu ihrem Stadthaus zu fahren, sondern wiederum bei Sir Finley Halt zu machen. Diesmal öffnete Amber, als der Bedienstete klopfte. „Guten Tag, Sir", sagte sie artig. „Sie wünschen?"

Dann fiel ihr Blick auf die weiße Equipage. „Oh", machte sie, als sie den Wagen mit den Schimmeln erkannte.

„Ist dein Vater zuhause?"

„Ja, Sir. Ich hole ihn gleich." Sie lief zur Werkstatt, indes die Lady sich von ihrem Kutscher aus dem Wagen helfen ließ. Als Torrington in der Tür erschien, stand sie bereits vor ihm. In ihrem eleganten Herbstkleid, hellbeige mit braunen Einsätzen vor dem Oberkörper, die ihre Figur betonten, wirkte sie auf Torrington - wieder einmal - wie eine überirdische Erscheinung.

„Lady Isobel!" Er verneigte sich zum Handkuß. „Willkommen zurück in der Stadt. Hatten Sie eine angenehme Reise?"

„Was möchten Sie hören, Sir Finley?" Sie lächelte amüsiert. „Daß das Straßenpflaster meinen Allerwertesten einer sanften Massage unterzogen hat? Nun werden Sie doch nicht rot, mein Bester. Es war schrecklich wie immer, aber nun ist es so gut wie überstanden."

Er senkte verlegen den Blick. „Ich wollte Sie nicht kompromittieren, Mylady."

„Gönnen Sie mir doch einen kleinen Scherz. Ich habe gehört, Lord Craven hat das Schicksal übel mitgespielt. Wie sagt man doch: Unrecht Gut gedeihet nicht."

„Dazu muß ich jetzt nichts sagen. Die Actie der ISPC soll gefallen sein."

„So könnte man es nennen. Haben Sie von dem neuen Investor gehört?"

„Nein. Das Thema interessiert mich nicht mehr."

„Schade. Sonst wüßten Sie, daß ein arabischer Scheich Interesse an der Sparte Aetherfunk bekundet hat. Sheik Qarun Ibn Huda'ib Abu Hamad Al Faidami. Er hat irgendeine armselige Petroleumquelle in seinem Scheichtum, die ihn mit den nötigen Mitteln zu versehen scheint. Die Actie der ISPC hat sich auf diese Nachricht hin kurzzeitig erholt. Die Regierung berät aber noch, ob sie dem Verkauf an einen ausländischen

Investor zustimmen kann. Das Unterhaus scheint mehrheitlich dagegen zu sein, woraufhin die Actie weiter abgestürzt ist."

„Bemerkenswert, in der Tat", stellte Torrington ohne innere Anteilnahme fest. „Die Börse ist für mich ein Haufen von Verrückten."

„Nicht wahr? Aber ich war nicht gekommen, um Ihnen dies zu erzählen. Eigentlich wollte ich eine Einladung aussprechen."

„Eine Einladung?"

„Ja. Ich würde mich freuen, Sie und natürlich Ihr geschätztes Fräulein Tochter zu einer kleinen, nun, sagen wir Abendgesellschaft in meinem Hause begrüßen zu dürfen. Nächste Woche Freitag, um sechs Uhr nachmittags."

„Äh..." Abendgesellschaft? Welchen Grund konnte es geben, eine Abendgesellschaft ... Torrington versuchte sich an Isobels Geburtsdatum zu erinnern, aber es lag im Mai.

„Sie werden mir doch die Ehre erweisen? Ich lasse Ihnen noch eine schriftliche Einladung zustellen."

Er deutete eine Verbeugung an. „Wenn Ihnen so daran gelegen ist."

„Sie tun ja, als sei es eine Strafe, Sir Finley", stellte sie tadelnd fest.

„Gewiß nicht, Lady Isobel, gewiß nicht", beeilte er sich zu beteuern.

„Dann freue ich mich also auf Ihr Erscheinen."

Erst als die weiße Kutsche schon außer Sicht war, wurde Torrington bewußt, daß er der Lady, während sie wieder einstieg, ziemlich unverschämt auf den erwähnten Allerwertesten gestarrt hatte, dessen Rundungen sich unter dem Kleid beim Erklettern der Stufe recht vorteilhaft abgezeichnet hatten. Schäm dich, Torrington! Zum Glück hatte es niemand bemerkt.

9. Spieluhr

Als Amber wenige Tage später ihrem eifrig werkelnden Vater seinen Tee in die Werkstatt trug, bemerkte sie zu ihrem Erstaunen, daß er die Marconiphone wieder aus der Schublade geholt hatte. „Oh, gut daß du gerade kommst. Du kannst mir bei einem Funktionstest helfen."

„Gerne. Aber wolltest du nicht eigentlich diese Dinger vergessen?"

„Ich habe es mir überlegt." Er schmunzelte. „Da die ISPC ihr Netz nicht mehr betreibt, wird kein Anwalt Bottom-Up, oder wie er heißt, mir die Benutzung nachweisen. Und Scheich Hutab - oder wer auch immer die Rechte an dem Patent erwirbt - wird es bei nächster Gelegenheit verfallen lassen, denn es wird ihm nur Gebührenkosten verursachen, aber keinen Nutzen mehr bringen. Und dann ist das Marconiphon letztlich, wenn auch auf einem idiotischen Umweg, genau da, wo es sein sollte: In der Patentrolle veröffentlicht, aber für jeden nutzbar."

„Aber es wird niemand nutzen, oder? Die Menschen haben Angst vor der Strahlung." Sie hatte ihrem Vater nie erzählt, daß sie es gewesen war, die diese Angst geschürt hatte. Vielleicht, irgendwann einmal, wenn die Aufregung sich gelegt hatte...

„Die Zeit ist wohl noch nicht reif für diese Erfindung. Aber ich werde sie nutzen. Hatte meine Tochter nicht einmal gesagt, sie finde es beruhigend, ihren Vater jederzeit erreichen zu können? Ich werde einfach wieder einen Transscribeur bei der Sutherlandschen Fabrik installieren, sobald das Patent verfallen ist."

„Es wird Proteste gegen die Strahlung geben, sobald es jemandem auffällt. Die Aufmerksamkeit der Leute ist jetzt geweckt", wandte Amber ein.

„Die Menschen haben Angst vor dem blauen Leuchten der Spule. Aber diese Spule wird nicht leuchten. Das Licht stammt vom Sauerstoff. Ich werde aber bei einem Glasbläser einen Ballon in Auftrag geben, in den die Spule kommt, in eine Umgebung von reinem Stickstoff. Meine Versuche mit dem pneumatischen Antrieb kommen mir da zugute, ich habe ein Verfahren zum Abdichten eines Gasvolumens entwickelt, das zwar nicht im großen Maßstab funktioniert, jedoch für einen solchen Ballon wird es reichen.“

„Das ist großartig“, gab sie zu. Dann stahl sich spontan ein verschämtes Lächeln auf ihr Gesicht. „Da ist allerdings etwas, was ich meinem Vater sagen muß.“

Er runzelte die Stirn. „Etwas schlimmes?“

„Vielleicht. Als ich sagte, ich bin froh, dich stets erreichbar zu wissen, hast du mir etwas entgegnet. Erinnerst du dich?“

„Ich glaube, ich sagte, der Zeitpunkt werde kommen, da du deinen Vater nicht mehr unbedingt in Rufweite haben möchtest.“

„Stimmt. Und was sagte ich darauf?“

„Daß du es mich wissen lassen wirst, wenn es soweit ist.“

Sie nickte ernst. „Ich glaube, der Zeitpunkt ist nahe.“

„Ist nahe?“

Sie sah zu Boden und rollte verlegen das Schleifenband ihrer Schürze auf. „Ich dachte“, bekannte sie mit gesenkter Stimme, „ich bereite dich darauf vor. In absehbarer Zeit wird ein junger Mann kommen und um meine Hand anhalten.“

So, jetzt war es heraus. Einige Atemzüge lang sah Torrington seine Tochter nachdenklich an, so daß sie sich unbehaglich zu fühlen begann und bedauerte, so freimütig gesprochen zu haben. Aber sie war so erzogen worden. Sollte sie jetzt zu weit gegangen sein?

„Der Name des besagten jungen Mannes lautet nicht zufällig Edward?“

Amber riß die Augen auf. „Du weißt...?“

„Liebes, ich habe Augen im Kopf. Und ich war auch mal jung und verliebt.“

„Und du hast nichts dagegen?“

„Nun, es fällt mir zugegebenermaßen schwer, meine Tochter jemandem zu geben, der für Lord Craven arbeitet.“

„Aber das tut er nicht mehr. Er hat gekündigt."

„So. Das bringt mich auf die nächste Frage, die Eltern an dieser Stelle auszusprechen pflegen."

„Welche?" erkundigte sich Amber ahnungsvoll, aber ohne konkrete Vorstellung, was ihr Vater jetzt meinen konnte.

Torrington bemühte sich, eine gewisse Schärfe in seinen Tonfall zu legen. „Wie will er eine Familie ernähren?"

Sehr kleinlaut erklärte sie: „Er bittet dich durch mich, ob du ihm eine Anstellung verschaffen kannst. Als Kutscher. Bei einem deiner Fabrikanten."

„So. Er bittet. Ist das eine Art Erpressung?"

„Vater, ich..."

Er lächelte und strich ihr über die Haare. „Liebes, ich werde alles tun, damit meine Tochter ihr Glück findet."

Ihre Augen leuchteten. „Heißt das ‚ja'?"

„Laß uns bitte die Form wahren. Ja sagen kann ich logischerweise erst, nachdem er mich überhaupt gefragt hat."

Man sah eine Last von ihr abfallen. Sie nahm ihren Vater in die Arme. „Du machst mich zum glücklichsten Menschen auf der Welt."

„Das zu machen, ist Edwards Aufgabe, würde ich sagen."

*

Die Frage nach einem geeigneten Gastgeschenk, das er Lady Lansdon anläßlich der Abendgesellschaft überreichen konnte, trieb Sir Finley eine Weile um. Blumen? Abgeschnittene Blumen verwelkten irgendwann und liefen seinem Verständnis von der Achtung der Schöpfung zuwider.

Dann war er, eher ungeplant, indem er zufällig vorbeikam und zum Zeitvertreib eintrat, in das Auktionshaus von Aaron & Scarsdale geraten, in welchem eben eine Versteigerung stattfand. Zu seiner Verwunderung - wenngleich im Nachhinein nicht überraschend - wurden gerade einige Gegenstände verhandelt, die ihm sehr vertraut vorkamen.

„Nummer dreiundzwanzig", rief der Auktionator auf. „Ein Cravenphon, Ausführung Luxus, Elfenbein, Silberbeschlag. Mindestgebot drei Schilling. Wer bietet drei Schilling?"

Torrington meldete sich.

„Sie bieten drei Schilling, Sir?"

„Kann ich den Signalton des Gerätes einmal hören?"

„Den Signalton?"

Er eilte nach vorn. „Hier. Drehen Sie den Hebel da nach hinten, dann kann man den Ton auslösen."

„Ich sehe, Sie verstehen etwas davon." Der Mann drehte den Hebel in der angewiesenen Richtung. Es ertönte ein Glockenspiel mit der Melodie ‚Üb immer Treu und Redlichkeit'. Wie passend, dachte Torrington. „Gut. Ich biete drei Schilling."

„Drei Schilling sind geboten. Jemand mehr als drei Schilling? Ein Cravenphon Luxus. Elfenbein, Silberbeschlag, Signalton."

„Vier!" rief jemand.

„Vier Schilling. Zum Ersten..."

„Fünf", sagte Torrington.

„Der Gentleman bietet fünf Schilling. Zum Ersten. Bietet jemand mehr als fünf? Zum Zweiten."

„Sechs."

„Sieben."

„Was ist dem Menschen nur so an diesem dämlichen Ding gelegen?"

„Sieben Schilling. Zum Ersten. Zum Zweiten. Geht jemand auf acht? Nicht? Und zum Dritten. Für sieben Schilling an diesen Gentleman."

Torrington bezahlte und nahm das Gerät in Empfang.

„Was werden Sie damit machen?" erkundigte sich einer der Mitbieter. „Das ist doch völlig wertlos."

Sir Finley grinste. „Ich baue das Läutewerk aus und mache eine Spieluhr daraus.“

„Genialer Gedanke.“

„Nummer vierundzwanzig“, tönte es vom Pult des Auktionators. „Ein Cravenphon, Ausführung Luxus, Elfenbein, Silberbeschlag. Und mit Spieluhrfunktion. Mindestgebot zwölf Schilling.“

*

Pünktlich um sechs Uhr nachmittags fanden sich Sir Finley und seine Tochter am Lansdonschen Stadthaus ein. Den unvermeidlichen Ruß von der Underground hatten sie sich gegenseitig aus dem Gesicht gewischt, ehe Torrington den Glockenstrang betätigte.

Stanley sah aus dem Fenster. Das Jahr war noch nicht soweit fortgeschritten, daß er eine Laterne benötigt hätte, und so erkannte er die Besucher sofort. Er öffnete. „Guten Abend, Miss Torrington. Guten Abend, Sir Finley.“

„Guten Abend.“ Torrington blickte zurück über die Auffahrt, aber der Platz war und blieb leer; keine abgestellte Kutsche ließ darauf schließen, daß zum Beispiel Lord Craven ebenfalls zu den geladenen Gästen gehörte. Mit verhaltenem Optimismus nahm er das als positives Zeichen, obwohl Seine Lordschaft natürlich noch kommen konnte. „Die anderen Gäste...?“ fragte er vorsichtig, während sie die Halle betraten.

„Meinem bescheidenen Wissen nach gibt es keine anderen Gäste, Sir“, erklärte Stanley. „Lady Lansdon hat im Speisezimmer lediglich für drei Personen decken lassen.“

„Sie sind eine verdammte Plaudertasche, Stanley“, tönte Lady Lansdons Stimme aus der Salontür. „Es sollte eine Überraschung sein.“

„Ich bitte um Vergebung, Mylady.“

Torrington wandte sich der Dame des Hauses zu. Sie trug ein rotes Samtkleid, und sie hatte diesmal ihre Sommersprossen nicht mit Puder verdeckt. Dazu kamen ihre roten Haare, die sie kunstvoll hochgesteckt hatte. Die farbliche Abstimmung war zweifellos gewagt, aber perfekt gelungen. Sie sah hinreißend aus. Falsch, dachte Torrington in weiser

Selbsterkenntnis. Du bist befangen. In deinen Augen sieht sie immer hinreißend aus, egal was sie anzieht.

„Sie sehen bezaubernd aus wie immer", faßte er diese Erkenntnis in einem druckfähigen Kompliment zusammen, ergriff die dargebotene Hand und deutete einen Handkuß an. „Wir bedanken uns für die Einladung. Darf ich mir erlauben, Ihnen diese kleine Aufmerksamkeit zu überreichen?" Und leise nach hinten zu seiner Tochter: „Amber, wo ist das Päckchen?"

Sie zog es hinter dem Rücken hervor und überreichte es Lady Isobel. Jene besaß genug Stil, um nicht auf die Floskel ‚Das hätte doch nicht nötig getan' zu verfallen. „Danke, Amber. Danke, Sir Finley. Jetzt haben Sie mich aber neugierig gemacht. Darf ich es öffnen?"

„Ich bitte darum."

Lady Lansdon wickelte aus dem Papier eine Messingkugel aus, etwa handgroß. Unten war sie etwas abgeflacht, so daß man sie hinstellen konnte. Oben befand sich in einer Versenkung ein Knopf. Sie betrachtete das Mitbringsel ein wenig hilflos. „Helfen Sie mir, Sir Finley. Spielt man damit Kricket?"

„Sie würden mir einen Gefallen tun, wenn Sie es nicht täten. Drücken Sie statt dessen auf den Knopf."

Die Lady tat es, und es erklang die Melodie ‚Üb immer Treu und Redlichkeit'. Sie lächelte. „Ihnen, Sir Finley, glaube ich das sogar. Darf ich Sie dann in den Salon bitten?"

Sie nahmen Platz. Es folgte eine Unterhaltung über Tagesneuigkeiten, über die Lady Lansdon sich wie stets vorzüglich informiert zeigte. Sie brachte das Gespräch auf den Investor, der Interesse an der ISPC Aetherfunk geäußert hatte, und Torrington erfuhr, daß es nun ein Adliger aus den Highlands war und doch nicht der Scheich. Die Regierung war tatsächlich vernünftig genug gewesen, dieses für die Wirtschaftsmacht des Imperiums bedeutende Unternehmen im Lande zu halten. Von diesem Sujet war es natürlich nicht weit bis zu Lord Craven.

„Ich muß gestehen“, bekannte Isobel, „daß er mich eine Weile lang mit seinen Umgangsformen und Komplimenten geblendet hat. Aber etwas warnte mich immer davor, eine zu nahe Bindung mit ihm einzugehen. Der Vorfall mit Ihrer Erfindung, Sir Finley, hat mein Mißtrauen bestätigt. Ich habe meinen Kontakt zu ihm abgebrochen. Ich hörte, er wirft mir jetzt vor, ich habe ihn fallen gelassen, weil er bei der ISPC in Ungnade gefallen sei. Aber da verwechselt er offenbar Kausalität mit Synchronizität. Es ist nicht das eine die Ursache des anderen. Dieser Mißgriff mit dem Cravenphon ist die Ursache von beidem.“

„Es erleichtert mich, das von Ihnen zu hören, Lady Isobel.“

Sie beugte sich vor, und eine gewisse Verlegenheit trat in ihre Stimme. „Es ergibt sich eine Konsequenz, die auch Sie betrifft, Sir Finley.“

„Was wollen Sie damit sagen?“

„Ich will damit sagen, daß derjenige, der von Ihnen stets das Bild des, verzeihen Sie, ‚Bauerntölpels‘ verbreitet hat, jetzt für mich keine Relevanz mehr besitzt. Ich habe mich von seinem Einfluß befreit und bin wieder Herrin meiner Entscheidungen.“

„Und was gedenken Sie zu entscheiden?“ erkundigte sich Torrington mit einer gewissen Naivität.

Sie lächelte. „Etwas, das Sie mit entscheiden müssen.“ Sie ergriff seine Hand. „Finley, liebst du mich noch?“

Er schluckte. „Ob ich ... Isobel ... Ja, zum Teufel! Ja, ich liebe dich immer noch. Ich habe, verdammt nochmal, nie damit aufgehört!“

„Du mußt deswegen nicht zu fluchen beginnen.“ Sie erhob sich, und da sie immer noch seine Hand hielt, blieb ihm nichts anderes übrig, als ebenfalls aufzustehen. Dann wandte sie sich Amber zu. „Als deine designierte Stiefmutter sollte ich dich fragen: Amber, darf ich dich um die Hand deines Vaters bitten?“

Aus Ambers Augen sprühte der Schalk, als sie entgegnete: „Können Sie denn eine Familie ernähren?“

„Du vorlautes Monster!" Torrington ergriff ein Kissen aus der Sitzgruppe und warf es nach seiner Tochter, welche lachend die Flucht ergriff.

Grinsend blickte Lady Isobel ihren frisch Verlobten an. „Jetzt sind wir allein. Das wäre die Gelegenheit..."

Ihre Lippen vereinigten sich zu einem langen Kuß.

*

Ethan Bathurst warf seine Karten auf den Tisch. „Vier Könige!"

„Hm", machte Chembourgh. „Nicht schlecht." Dann begann er mit enervierender Langsamkeit seine Karten auf den Tisch zu blättern. Daß er es so zelebrierte, machte Bathurst unmißverständlich klar, daß er verloren hatte.

Kreuz drei, Kreuz vier, Kreuz fünf, Kreuz sechs, Kreuz sieben.

„Straight flush." Er strich die Geldscheine ein.

„Revanche!" forderte Bathurst.

„Was setzen Sie?"

„Sie müßten mir Kredit geben", stellte Bathurst säuerlich fest.

Das hatte der andere leider schon zu oft getan. „Dann muß ich eine Sicherheit verlangen."

Bathurst griff in die Jackentasche und zog ein Bündel Papiere hervor. „Wie ist es damit?"

„Was ist das?" Die anderen Spieler am Tisch reckten die Hälse.

„Mein Geschäftsanteil bei der ISPC Aetherfunk. Actien im Nennwert von fünfhundert Pfund."

Horace Chembourgh zog ungläubig die Stirn kraus. „Fünfhundert Pfund, ja?"

„Zählen Sie nach!"

„Ich glaub's Ihnen so."

„Schön. Was geben Sie mir dafür?“

„Sagen wir ... fünf Schilling?“

Der ganze Salon brach einhellig in Gelächter aus.

ENDE